U0109895

大時代的小人物

朱英誕晚年隨筆三種

朱英誕 著
朱紋、陳均 編訂

總目

朱英誕小傳

朱紋

朱英誕（1913-1983）原名朱仁健，字豈夢，號英誕。四十歲以後自號青榆。別號、室名甚多。發表作品筆名多用：朱英誕、傑西、琯朗、杞人、朱芳濟、方濟、朱百藥、白藥、莊損衣、損衣等。遺稿中多用：朱青榆、青榆、朱進衡、覓晨、魁父、石龍子、朱石木、皂白老人等。

江蘇如皋人。家譜錄雲一世祖柘園公從文信國，夜經泰州，逆元兵，在如皋流為農者，夫妻親耕織，為紫陽公大哲朱熹後裔七世孫。曾祖父曾在江西游宦，官至道台。後家在湖北武昌城內一大皂角園，園中有藏書樓，富有藏書。祖父心谷公曾任同知，去世較早。祖母程琢如，系出大程子。喜誦古律詩，誦吟〈長恨歌〉、〈琵琶行〉，琅琅上口，不失一字。辛亥革命後，全家移居北上。父朱紹谷，別號延蓀。自幼善詩詞，有「神童」之讚譽，寫有《審影樓詩》、《西湖記遊》。並擅書畫，在京留有聲名。母莊存英，有《梅花深處碧雲樓詩》，不幸早亡。

1913年農曆四月初十生於天津，六歲時，母親不幸病世，由祖母帶大。少年時代，家住津沽獅子林與望海樓之間，渡過嬉戲遨遊西沽村快樂時光，尤喜得以紫竹林觀海，此情此景融入心靈，寫入早期詩作。在津門就讀南開中學，並以第一名成績考取彙文高中。

1928年寫出第一首詩〈街燈〉。

1932年來到人才薈萃的北平，改上宏達高中，因病輟學，在家自學，攻讀古詩書及外國文學。讀泰戈爾《飛鳥集》後，寫新詩四首〈印象〉，並在報刊發表，筆名為朱石箋。病癒後入民國大學。林庚先生是他的文學老師，林先生的詩作令他神往，經常聽先生對新詩的分析論述，並共同對新詩的內容與形式，多方探討，切磋琢磨，時有佳作，共同欣賞。此時，常到北大聽廢名先生課，時有小作蒙先生指教，廢名先生喜攜後進，經常與之談新詩之創作，親聆教誨，終成一名廢名忠實的學生。先生對學生愛護備至，弟子對先生尊崇一生。朱英誕逐漸成為一名文學青年，作品時常發表在報刊上，順利步入詩壇，成為三十年代詩壇上最年輕的詩人之一。

1935年至1936年，最初在《星火》及《新詩》雜誌上發表文章與詩歌，都使用了筆名朱英誕。1935年年底，出版詩集《無題之秋》，林庚先生為其寫序。

1936年，將一年詩作六十首結為《小園集》。廢名先生為之作序，並於1937年1月在《新詩》先行發表。

1937年7月7日，盧溝橋事變，抗戰全面爆發，停止寫作。

1939年，北京大學復校開課。到北大文學院新詩研究社做新詩講座，成為北大文學院中文系助教。

1940年正式進入北京大學文學院，提為講師，兼文史研究所研究員。開始上新文學研究課，主講「詩與散文」。朱英誕此時編寫講稿，寫文章，發表現代詩，翻譯外國詩作，工作夜以繼日，常徹夜不眠。1941年5月編成廢名與他合撰的《現代詩講稿》，並編選了《中國現代詩二十年集》（1917-1937）又名《新綠集》，編制嚴謹有禮，為識者所珍重。戰後曾得到廢名先生讚賞，說：「人們應該感謝你呀！」

朱英誕在北大期間還編選了廢名與沈啟無的合集《水邊》。

1942年，朱英誕詩作由系主任沈啟無攜至日本。參加大東亞文學大會，蒙日本文學世家崛口大學先生賞識，譽為第一，後讓給小說。三個月後，在北平又追加了大東亞文學獎獎外佳作副賞，有梅娘的小說〈魚〉，林榕散文〈遠人集〉，朱英誕（莊損衣）的詩〈損衣詩抄〉。

同年，詩人完成長詩創作〈遠水〉（一名：〈蓮花化身〉）。

在北大期間，直至1943、1944年，發表文章及詩作的主要刊物有：《輔仁文苑》、《中國文藝》、《風雨談》、《天地》、《藝術與生活》、《文學集刊》、《北大文學》等。

1945年抗戰勝利。1946年至1947年赴東北錦州師範等校任教。

1948年，廢名先生從南方返回北平，朱英誕專程從東北返回看望。這一年廢名連續在《華北日報》文學版發表三篇論新詩文章，其中〈十年詩草〉講卞之琳的詩，文中也談到朱英誕。4月25日，發表了〈林庚同朱英誕的詩〉一文，評論兩位詩人的作品風格及其價值。專門選了朱英誕十二首詩，稱其「在新詩當中他等於南宋的詞」，給予了高度的稱讚。第三篇文章是〈十四行集〉，寫馮至的詩。幾篇專論都對新詩在新文學發展史中地位給予肯定。

這一年朱英誕在《華北日報》文學版，也連續發表了評論〈讀《災難的歲月》〉及譯詩〈班德西亞泉〉和〈獻給麗斯比亞〉，在華北副刊發表了〈吳宓小識〉等。冬，到冀東唐山開灤任教。

1949年9月22日在冀東小鎮，遙念古都北平，寫出〈古城的風〉二首，滿懷喜悅之情，迎接新中國的建立。

1950年7月，朱英誕回到北京，在京任教。繼續創作新詩，這一時期作者寫出不少思想清新、情緒飽滿的詩歌，都未曾發表。

1958-1959年秋，參與故宮博物院整理明清檔案工作。

朱英誕一生多病，身體虛弱，1963年因病提前辦理退休。家居時，讀書、看報、努力於詩的創作，幾十年如一日，不停地寫作，留下大量隨筆、散文，編有《餘波集》、《掩扉集》等。1963年至1964年完成京劇劇本《少年辛棄疾》。1969年完成舊體詩集《風滿樓詩》多卷，及《方竹齋詩》等，自訂成冊。1972年完成長詩〈月亮的歌〉。朱英誕堅守新詩陣地長達半個世紀之久，象春蠶吐絲般創作了至少三千多首詩作留給世人。編有：《仙藻集》、《小園集》、《深巷集》、《夜窗集》、《雲樹集》、《泥沙集》、《駝鈴集》等三十多本詩集，俱藏家中。

朱英誕一生研究李、杜、陶潛各家，對溫李尤有真知，晚年尤喜李賀詩及清代詩人楊誠齋作品，時有所得，收集成冊。1978年完成《李長吉評傳》。1982年完成長篇回憶《梅花依舊——一個「大時代的小人物」的自傳》。1983年8月完成《楊誠齋評傳》。

1983年12月27日晚，詩人謝世於北京，卒年七十有一。

苦吟詩人李賀

（長吉評傳）

敬獻給

母莊在天之靈

朱櫟西

一九七八年六月

於北京無春齋

目次

小引

今年春夏之交，我用了十天的工夫，寫完了《長吉評傳》。這只是上卷，其初稿的書題是〈鬼才小識〉，或以為未免太刺激了，還是平正些好。我同意了。

嚴格地說，這不是一篇論文，但又不像隨筆；實際上最初也只是想來作一夕話，雜談李賀，這位可以呼之為「驢背」詩人（當然是馬背。詩人自己也自稱是「白騎少年」。）而已。鄭棨云：「詩思在灞橋風雪中，驢子背上」（《北瑣夢言》）我以為唐人詩，從某種意義上說，大抵是這樣的。故曰「驢背」。宋張耒讚美長吉道：「山水與精神」是也。李賀的詩不是在小屋裏寫的。我還發願另外再寫一點，如果下半年健康允許，心情不壞的話。寫成了那就是下卷。下卷將就詩論詩，作一些簡單的注記。

古者畫人物，有所謂「九朽」，先摹取形似，數次修改，故曰「九朽」；繼以淡墨，一描而了之，是為「一罷。」那麼我的這本小書，此時際尚在欲「罷」不能中。但是，說不定就是這樣算了，將成為一本未完成的小書，也難說吧！上卷草成後，覺可獨立，率成二絕。並錄如下，以為引言：

其一

杜鵑花鳥奏繁弦，夢幻「古春」慰斷魂；

驢背詩成「閒綠」（注一）了，安知北轍是南轅。

其二

東西傾倒不勝扶，花影何關七尺軀；

嚼飯哺人非吾事，等閒楊柳欲藏烏。

上題〈鬼才小識〉二首，俳諧。

朱青榆

一九七八年六月五日

於北京傑西精舍

注一：「古春」、「閒綠」均係長吉用語。

注二：長吉集卷四〈蘭香神女廟〉：「古春年年在，閒綠搖暖雲」。又秦少游〈淮海後集〉、〈秋興〉九首，皆擬唐人詩，第四首〈擬李賀〉末云：「濃愁茫茫寄何處，萬里江南芳草路」。題是「秋興」，芳草當是秋草。按王摩詰六言〈田園樂〉：「萋萋春草秋綠，落落長松夏寒」，本謝朓：「春草秋更綠」。……

補注：「誰能夠築牆垣圍得住杜鵑？」見西班牙塞萬提斯說部，《唐·吉軻德傳》，慧心語：亦「古春」、「閒綠」也。嘗以為題「嘔心」之長吉最為相宜。舊詞新典，不可不注。蘇東坡記西湖僧梵英語曰：「茶性，新舊交則香味復」，惟詩亦然。（轉引自張陶菴《西湖夢尋》）

一九八一年八月四日

於北京無春齋

自題李長吉評傳並序二首

「天若有情天亦老」，長吉殆不知情，以不知老故。按論長吉者多矣，予只推元陳繹曾：「祖騷宗謝，反萬物而復取之」。（《吟譜》轉引自《唐音癸籤》。）詠思之，這是何等寶貴的精神！予吟紫莞，實法屈子之詠山鬼，蓋長吉鬼才，亦天才。死而有情，不可不歌哭之也。

一九七九、三、廿一，己未春分

朱青榆於北京無春齋

其一

萬物相鮮（注一）樂可支，生芻束狗（注二）對狂詩；

無情任性應難老，紫莞一叢淺笑（注三）時。

其二

萬有何妨鼠數錢，雨綠瓜豆亦相鮮；（注四）

夢回一笑鬼拍手（注五），秋夢一天枕籍眠。

注一：「萬物相鮮」：溫飛卿詩：「萬物鮮雨乍晴」（〈寒食前有懷〉）「萬物相鮮」四字自木元虛〈海賦〉「萬色隱鮮」悟來，妙理也！

注二：芻狗：結草為狗，以供祭時之用；祭罷則棄之。〈老子〉：「天地不仁，以萬物為芻狗；聖人不仁，以百姓為芻狗」。不仁，不情也。儒家以為「食色性也。」不知食色是情，並非性；故知聖人者，蓋不棄之芻狗。

注三：「淺笑」：飛卿用語。〈晚歸〉「湖西山淺似相笑」，今移用之於善寫啼泣之長吉，以代歎惋。按，白石以詩法入詞不如詩，飛卿詩不如詞；飛卿詩才本不在昌谷、玉谿下，然必待長短句興，微生變化，始能確立其地位，走自己的道路。這也是啟發我設想長吉運命之點。誠或不免望長吉復生之癡也。語云：「癡人前不得說夢」，殊不知：夢人前亦不得說癡也！嗚呼。

注四：清王漁陽題〈聊齋志異〉：「姑妄言之姑聽之，豆棚瓜架雨如絲，料應厭作人間語，愛聽秋墳鬼唱詩」。陶公亦云：「厭聞世上語」，（〈擬古〉）「蒼蒼谷中樹」蓋不厭世，哪能真知人間之為物何似乎？故陶公又云：「靜念園林好，人間良可辭」。（〈阻風於規林〉）黃文煥曰：「園林」何嘗非人間，然較之朝市，則天上也，非「人間」也。

注五：白楊樹俗呼鬼拍手。

一九八三年夏寫後序畢補注。

一、怪麗的故鄉
——昌谷山居

北宋著名的蘇門詩人之一，張耒，他作過福昌尉，福昌是李賀的家鄉；張耒〈福昌懷古，李賀宅〉，是一首七律：

少年詞筆動時人，末俗文章久失真；
獨愛詩篇超物象，祇應山水與精神。
清溪木拱荒涼宅，幽谷花開寂寞春；
天上玉樓終恍惚，人間遺事已埃塵。

這首近體自然是比較親切的。弔古兼談藝，其深致尤覺大雅可誦：

獨愛詩篇超物象，
祇應山水與精神。

此非談藝而何？

北宋的張耒與中唐的李賀，二人相距約三百年左右，而前者對後者說得如此親切，這究竟是什麼事物使然呢，如果不是歷史？是的，還有思想與生活？如果不是傳統？

按，李賀字長吉，河南福昌（今宜陽）人，家居昌谷。《困學紀聞》：張文潛有〈春遊昌谷訪長吉故居〉云：

惆悵錦囊生，

遺居無復處？

在河南福昌縣三鄉東，《河南志》：「昌谷水在河南宜陽縣西九十里，舊名昌河，又名刀轘川；源出陝州，流經永寧宜陽縣界，入洛」。疑昌谷山居，當在此間。

張耒七律三四，應了一句舊文，即是「人傑地靈」，詩意若雲，長吉詩好，由於「人傑地靈」，即人與地都好；「山水與精神」是也。無怪乎有人做傳記，採用「人和地」作書題了。

張耒只寫了清溪、幽谷，其大致如此。而且目前更是木拱花開，今人感到荒涼寂寞者，「人」早已如流水逝去了，故「地」也彷彿有點變色哩。這裏只不過是一個小山村而已。但曾經有一位天才詩人，一個奇才生長其間。可是，他只活了二十多歲就夭折了，這是多麼可悲啊！後世詩人詠歎道：「乾坤清氣老不死，丹鳳再來須見君。」(注一)

我們不能幻想長吉是一隻火中再生的鳳凰，然而這樣，我們應該是能把他說得多好就說得多好了吧？這也就是我們到他的故鄉和故居來巡禮的原故。

長吉〈昌谷詩〉：「待駕棲鸞老，故宮椒壁圮。」原注：「福昌宮在谷東」。《唐書地理志》：「河南府福昌縣有故隋福昌宮，顯慶二年復置。」《一統志》：「福昌宮在河南府宜陽縣西坊郭保；隋煬帝建。」《長吉集彙解》王琦注釋：「以下五聯皆指福昌宮而言。「棲鸞」當指福昌宮中器物，如漢時建章宮之銅鳳凰，魏銅雀臺上之銅雀之類。當時置此，原以待天子巡幸之駕。今巡幸久曠，棲鸞如昔，其歷年故已長矣。」〈昌谷詩〉：「高眠復玉容，燒柱祀天幾。」原注：「谷與女山嶺阪相承，山即蘭香神女上天處也。遺幾在焉」。女山即女兒山，在河南府福昌縣西南三十四里，見：《元和郡縣誌》。〈昌谷詩〉：「行緩玉真路，神娥蕙花裏」。原注：「近武皇巡幸路」。按，此語疑是長吉自注。清王琦云：「文義當是往蘭香神女廟中之路，故謂之玉真路。玉真，猶言玉女也。若指武後，恐未是」。又：「神娥謂神女也。其祠廟之處必有蘭蕙羅生，故曰神娥蕙花生」，此是遙指其處。至「高眠」二聯，方是實言其處。——其另一聯云：「霧衣夜披拂，眠壇夢真粹」。「霧衣」神女所服之衣也。神女之靈，或夜中來降，故眠於壇上，真心粹念，思得夢見。四句詠廟中之事。細玩，有似祈夢，以卜休吉之象（王琦）。

按，杜蘭香仙女，有過，謫人間。見《太平廣記》長吉所稱，但云蘭香神女，無姓氏。考據家以為二者不一類。然因是傳說，有「升天處」，則無歧異。簡言之，長吉家鄉雖然不過是個山村，而一種類似《九歌》的風俗畫與風景畫都充滿了他的生活；在一個詩人只生活了少年時期的怪麗背影裏，這些光景便彷彿是一株高大的生命樹，相形之下，長吉的夭折反似「木葉微脫」那麼自然的事了。

短促的一生。但是長吉的生前死後，並不寂寞，像韓愈、皇甫湜、沈亞之等那麼著名的文士無不誠摯地對他表示過愛惜，給他的「歌詩」寫序文的杜牧，給他寫小傳的李商隱，都是特立獨行的詩人，更是傾慕之至：這樣長吉之魂將不待招，他該感到慰情了吧？

奇怪得很，長吉的生卒，從一開始就有三說：一、小杜序中謂賀生二十七年，《新唐書》同；二、義山「小傳」謂二十四年，《舊唐書》同；三、《唐音癸籤》二八，作二十六歲。於是只好存疑。實際實用，以從小杜者為多，這裏自從眾（790-816）為宜。

賀係出鄭王後，卻又以諱（父名晉肅），不舉進士。韓愈為之作〈諱辯〉一文，是長吉傳記中重要材料，附後。其中略云：「若父名仁，子不得為人乎？」又，「諱呂后名雉，為野雞，不聞又諱治天下之治為某字也。」所謂辨難文字，貴在三言兩語，雖然性質是反封建；〈諱辯〉近於今之雜文，重於抒情，故雖有韓愈這棵大樹蔭覆之，長吉卒不就試。僅補太常寺奉禮郎、協律郎而止。《舊唐書》「補太常寺協律郎」。《新唐書》為協律郎。長吉有〈始為奉禮憶昌谷山居〉。按，《唐書・百官志》：「太常寺屬奉禮郎二人，從九品上；協律郎二人，正八品上」。長吉當以奉禮升協律。唐人重名，長吉既係沒落了的王孫，一種特殊的身世感與遭遇對他是會有明言的、深切的影響的吧？長吉之無所作為，僅成其為傲兀的苦吟詩人而又早逝，草草一生，未必純係偶然的吧？

長吉早死，但其成名也很早。似乎他還是一個早熟者也未可知。《太平廣記》說他「稚而能文」，「年七歲以長短之歌名動京師」！《新唐書》也說：「七歲能辭章」。《新唐書》又謂韓愈、皇甫湜過其家，賀賦〈高軒過〉，二人大驚！「自是有名」。又，「韓文公深所知重，於縉紳間每加延譽。由此聲華籍甚。」（《劇談錄》）這些話都未免太隨意，有失實之處。如《太平廣記》還說：「時韓愈與皇甫湜見賀所業，奇之，而未知其人；因謂曰：『若是古人，吾曹不知者；若是今人，豈有不知之理？……』」可見長吉之有聲名是先於韓愈等所知的。這一點是使〈高軒過〉的傳說須重新研究。

長吉究竟又是怎樣為人所知的呢？

或者，與長吉詩風關係最為密切，《太平廣記》所指一點很重要，說長吉「尤長於樂府並詞句意新語麗」。當時工於詞者莫敢與賀齒。由是名聞天下」。小杜序中說：「元和中，韓吏部亦頗道其詩」。「亦頗道」自然是時間在後；即韓愈自己也說：「與賀爭名者毀之」（〈諱辯〉）云云。可知，賦〈高軒過〉之前，即為韓愈知重之前，長吉已經是一位小有名氣的少年詩人了。

我們進一步再來問：那又是何種性質的聲名呢？長吉最為何種人士所傾慕？《新唐書》說長吉「辭尚奇詭，所得皆警邁，絕去翰墨畦徑，當時無能效者。樂府數十篇，雲韶諸工，皆合之弦管。為協律郎。……」《舊唐書》亦作是說：「尤長於歌曲，其樂府數十篇，至於雲韶諸工，無不諷誦……」《談薈》云：「李賀樂府數十首，流播管弦。……每一篇出，樂人輒以重金賂購之。……」毛馳黃《詩辯坻》：「大曆以後，解樂府遺法者，惟李賀一人。」以上諸說趨於一致，清清楚楚，長吉天才所向是與時代的發展成正比的。在詩國裏，長吉的詩集獨曰「歌詩」，也可以令人看出：長吉對那些樂工，更為重視，實在是「東京才子，文章巨公」之上。

再舉事實為例：李賀「以輕薄為時輩所排，遂成坎坷。」此一說也。見於《劇談錄》：「時元相國稹年少，以明經擢第，亦工篇什；常願結交賀。一日執贄造門，賀攬刺，不答。遽令僕者謂曰：「明經擢第，何事來見李賀？」六科取士，唐人重進士，輕明經。別的且不說，僅以自道姓名一節，就足見長吉的傲忽了！否則便是患有神經病了。自道姓名，集中屢見不一見（注二）。

昌谷山居，在長吉天真的眼界中無疑是怪麗的。想像自不乏味。然而，這兒又是一個明顯的限制，長吉詩缺乏社會性。正因為他始終未脫離以家室為「詩的天空」，此種以「環境自然」，亦「人性自然」也。湫隘的小山村，怪麗有餘，識見不足，要想適應廟廊，那恐怕是不大容易的。

注一：劉因：〈李賀醉吟圖〉

注二：關於自道姓名為病態，參考潘光旦先生著《馮小青》一書。

二、一幅減筆畫
——苦吟者自畫像

長吉傲忽，也許是性格使然。

請看〈幽閒鼓吹〉：「李藩侍郎嘗輟李賀歌詩，為之集序，未成。知賀有表兄與賀筆硯之舊，召之見，托以搜訪所遺。其人敬謝，且請曰：『某盡得其所為。亦見其多點竄者。請得所葺者視之，當為改正。』李公喜，並附之。」

「彌年絕跡。李公怒，復召之。其人曰：『某賀中外，自小同處；恨其傲忽，嘗思報之！所得兼舊有者，一時投溷中矣。』」「李公大怒！叱出之。嗟恨良久。故賀篇什流者少。」

這個傳說，也許並非完全是造謠。若末一語卻也可見其不足盡信處。因為《唐書藝文志》：《李賀集五卷》。《宋史藝文志》：《李賀集五卷》。《文獻通考》：《李長吉四卷》，《外集一卷》。並無不同，本無可疑。李賀是著名的苦吟者，即使他年輕才富，苦吟詩人所寫也本不會很多；況又早死，位卑性狂，並與其時黨爭略無關係；所作詩即有遺佚，也不會是大量的，甚或正部頭的。報復說殊不足信。

長吉體質「細瘦」或「纖瘦」，又是「通眉」、「長指爪」，貌與人殊，如此；長吉自道亦有云：

> 日夕著書罷，驚霜落素絲；
> 鏡中聊自笑，詎是南山期！

長吉的外部生活的一部分，這是大家所熟知的：

恒從小奚奴，騎距驢背破錦囊，遇有所得，即書投囊中。及暮歸，太夫人使婢受出之；見所書多，輒曰：「是兒要當嘔出心乃已爾！」上燈，與食。

長吉從婢取書，研墨，疊紙，足成之。投他囊中。非大醉及弔喪日，率如此。過亦不復省。

王楊輩時復來探取寫去。

長吉往往獨騎，往還京洛，所至時或有著，隨棄之。故沈子明家所餘，四卷而已。」

（李商隱〈李賀小傳〉）

這樣一種任性自由狀況，既然大半得之「王氏姊」口中，則別無責怪貶低意；或者那類負性的失實之傳聞，恐怕也正是由此演繹而成，也未可知。何信何疑，並不難索解吧？

從母親的「太息」裏，我們也可以猜想得出：苦吟者長吉正是一個在溺愛中成長起來的孩子。

咽咽學楚吟，病骨傷幽素；
秋姿白髮生，木葉啼風雨。

長吉的「病骨」無疑是雙重的，既是精神上的，也是肉體上的。

隴西長吉摧頹客，酒闌感覺中區窄；
葛衣斷碎趙城秋，吟詩一夜東方白。

習慣於如此賢張的「疾書」之風裏度日過活，這稱「龐眉書客」的少年詩人年未及三十，早熟又早衰便更不難解釋了。

長吉家有小奚奴，有婢女，他當然是一個貴公子；但一面又是「憔悴如芻狗」（〈贈陳商〉）的自卑者；其結果則是：

非君唱樂府，
誰識怨秋深？

而「秋室之中無俗聲」：這就是苦吟者長吉形神俱似的最美好的自畫像了。

關於「苦吟」，下面將另論。這裏要補足的是「龐眉入苦吟」，長吉每自覺其「苦吟」，不但難能可貴，這也正是長吉自畫像的基礎。

長吉與另一位名副其實的貴公子曹植相較，曹植云：「中和誠可經」（又贈丁儀、王粲），「中和」這不僅是長吉所不知不識者，也是無勖勉之者。長吉所缺少的就是「中和」。他個人和他經歷的時代都與「中和誠可經」的精神迥不相牟。

長吉既深愛古樂府的體制，故不務陳言。舉一個例來看：〈許公子鄭姬歌〉有句云：「古堤大柳煙中翠」，我們也許感到太不習慣了，何以不作「大堤古柳」呢？在長吉的天真眼界裏，似乎不發生任何問題，「煙中翠」就是「古堤大柳」，本來無庸那麼「分明」也。我們平日常是不願意多費一點力氣，只願享受現成的詞語，如此這般，而已。一個苦吟詩人有兩重心願，一、他十分重視語言文字，二、他不為習氣所束縛。寫到此，我想到姚本凡倒有一句話是：「後人注之，不過詮句釋字，皆以昌谷詩作說文耳！至依文生解者，萬不得一。」是的，元裕之說得不錯：「文章出苦心，誰以苦心為？正有苦心人，舉世幾人知？工文與工詩，大似國手棋，國手雖漫應，一著存一機；不從著著看，何異管中窺？文須字字作，亦要字字讀；咀嚼有餘味，百過良未足。功夫到方圓，言語通眷屬；只許曠與夔，聞弦知稚曲。今人誦文字，十行誇一目，闕顫失香臭，瞀視紛紅綠；毫釐不相照，覿面楚與蜀。莫訝荊山前，時聞刖足哭！」（〈與張仲傑郎中論文〉）這可以視為要詩人深通「許鄭之學」的先聲了。但用在長吉歌詩上，也可也不可。長吉不曾尋覓走上「學人之詩」的途徑，但長吉做着樂府詩，必須通韻律。

長吉〈七月〉：

好花生木末，衰蕙愁空園。

講求聲調的清趙秋谷注曰：「第三字不平，則律句矣」。評論家潘四農說：「李賀此詩參用齊梁，不盡合調，惟此句得法。故氏特注此句以明之。」此種甘苦，長吉所及嚐，是無疑的！

然而，實際上，我們當然不復流為以昌谷詩作說文的地步，長吉才情，難得本不在字面，也不在內容，而在詩的實質的神異處，迥然不同凡響。

我們必須實學求是。

唐末，陸龜蒙〈書李賀小傳後〉：「吾聞淫畋漁者，謂之暴天物。天物既不可暴，又可抉摘刻削，露其情狀乎？使自萌卯至於槁死，不能隱伏，天能不致罰耶？」

「長吉夭，東野窮，玉谿生官不挂朝籍而死：正坐是哉！正坐是哉！」

這一席談，我們不能簡單的認為是「迷信」；它自然是從愛慕出發，卻不免近似「婦人之仁」；也彷彿具有一點宇宙氣息，卻又不受東方古老哲學的支配，倒如順應自然的觀點。

據說，歐洲把永不滿足的靈魂視為「浮士德精神」（注一）或者用浮土德的最終結局嚇唬人，認為探索自然及生活的秘密，這種願望本身就是罪過！——說這些話，並非比較，也不必是蟻行磨上，欲西反東。不是的。反之，筆者只是在想：像長吉這樣的跡近玄秘的詩人所留下的詩，無論它是否是一種「行」（注二），它總歸是一個愉快的紀念，即使是一株生意勃勃、美好的墓樹也罷。

注一：浮士德精神，詳見英國科學家李約瑟博士在香港演講文章（1974年5月29日大公報）按，李約瑟博士對中國科技史學有專長，並有專著，他除用漢字為姓名外，還取字丹耀，別號十宿道人。

注二：歌德，解釋logao為「行」，意云：宇宙精神。（見日本山岸光宣：《歌德底晚年》）

三、長吉「歌詩」的來源

長吉歌詩的來源：《九歌》與《樂府詩》。

中國詩文學有三個來源，其流長遠，至於今日：一、《詩經》，二、《楚辭》，三、《樂府古辭》。我之所以一、不寫〈國風〉，是因為不想排除《雅》，《頌》，它們應該各得其所；二、不寫屈原或《離騷》，是因為不想排除宋玉，而《離騷》長詩，又獨未得到繼承。《樂府》獨無問題，誰若是不來問津他們永遠與桃源即烏托邦無緣，而烏托邦，亦即是大地上的樂園，足下不可呆相也。

「不學『詩』無以言」，古有明訓，似乎《詩經》一源是正統，屬於統治情思的理論。但，若以為詩有「詩教」，那是不能籠統而言之的。古者，學在官府，至秦始皇，以吏為師；終於，孔子爭得了教育的獨立性，成為中國人的萬世師表，人呼之為「先師」，且是所謂「大成至聖」，中國尋常百姓情意深厚，極講道理，是十分明顯的。至今農民，別的不說，在教育上是最知道尊師的。故知《詩經》與平常常掛在口邊的「儒家思想」，並無從屬的直接關係。兩者同是東方古中國的黃河流域文明搖籃，培育著中國的命運和夢想。

最初發掘《詩經》的文學獨立性的，按照鄭振鐸先生的論述，是宋哲學家朱熹。至於說到古文明的傳統，那就是於南國的偉大詩人屈原也深有影響，這也已是屬於常識的事了。

幸乎不幸乎，詩人李賀死得太早，沒有做大官兒，乃成其為詩園裏一個難得的例外。在封建社會裏，他也沒有求得具備某種隱逸性的條件。李賀，這位「白騎少年」只有一個做詩的偏愛而已。

但，在他，詩本身並又不是「少年行」。其可貴即在於此。

那與十七世紀法國浪漫主義哲學相類似的生活背景，像玉谿生那樣色彩鮮明的戀愛事蹟，在李賀，也是做夢也沒有的。

簡言之，斬斷了許多葛藤，我們愉快地感到：《楚辭》和《樂府》二源，乃為長吉獨得，這真是十二分可喜可賀的事實了！

從來評論長吉詩，多有與屈原相提並論者，最初起於杜牧，見〈李長吉歌詩敘〉：

> 蓋騷之苗裔，理雖不及，辭或過之。騷有感怨刺懟，言及君臣理亂，時有以激發人意。乃賀所為，得無有是。……
>
> 世皆曰：『使賀且未死，奴僕命騷可也』。」劉須溪云：「樊川反復稱道，形容非不極至，獨惜理不及《騷》；不知賀所長正在理外。如惠施『堅白』，特以不近人情，而聽者，感焉。是為辯。若眼前語，眾人意，則不待長吉能之。此長吉所以自成一家歟？

李維楨也以小杜「未為不知長吉，亦未為深知長吉。詩有別才，不必盡出於理。」李氏又說：「請就《騷》論。朱子以屈原行過中庸，辭流於跌宕怪神，怨懟激發。……林應辰則以詞哀痛而意弘放，興寄高遠。……劉舍人指其詭異譎怪，狷狹荒淫。……《騷》詣絕窮微，極命遮物，力奪天巧，深成無跡。長吉則鋒穎太露，蹊徑易言，調高而不能下，氣峻而不能平，是於《騷》特長，擬議未臻變化，安得奴僕命也。」（李維楨〈昌谷詩解序〉）。

小杜的見地有點近乎狂，而這狂當係長吉詩的一種反應，也未可知。也許是所謂詩人之言，我們讀了，不必大驚小怪，說它觸犯了屈原！否則，我們就是神經衰弱了。

上述這些，是否如《北瑣夢言》所說：「予曾覽李賀歌篇，慕其逸才奇險，雖然曾疑其無理，未敢言於時輩。後於《奇章集》中見杜紫薇，牧有言，長吉若使「稍加以理，即奴僕命《騷》可也」。是知通論若符不相遠也。」謂之「通論」，古之君子，信不可及。這樣說，對屈子，是損傷不了毫毛的。

沒有任何人規定做詩一定要合乎邏輯，或富有理性。也許獨獨「儒家」要詩人合於「倫理」吧？實際上卻行不通。按，以屈子長吉並論，取其「孤憤」，故又有人要與杜甫媲美，則所取當在於「忠愛」；甚至於有致力於長吉詩者，以長吉詩為「唐春秋」（姚文燮〈昌谷詩集注序〉！）不過姚氏又駁小杜之言，說：《騷》理何必皆賀，賀理何必皆《騷》？斷章取義，亦是一說。

這兒碰巧碰到一個舊說：李賀成熟了還是沒有成熟？方拱乾謂：「長吉倘得永年而老其才，以暢其識與學之所極，當必大有過人者，不僅僅以才人終矣。」（見姚本）《唐詩品彙》云：「使假之以年，少加之以理，其格律豈止是。」徐獻忠說：「使幽蘭未萎，竟其大業，自鏟詭蕪，歸於大雅，安能其所詣？」此一說不獨來自經驗，更重要的是一種想像力。

因為誰要說長吉詩已經自然而然的到達了充實之謂美，充實而光輝的地步，那就是狂妄了。想像則不然，我們完全可以推斷李賀會得走上玉谿、老杜、庾子山的途徑，根據是長吉的「書卷氣」，他並不淺薄（注五）。

步履最堅定而又最富有想像的史家，如司馬遷他就早已告訴了我們：「屈原乃是成熟了以後連續受到了壓抑與打擊，終於成為偉大的詩人的，屈子的詩是壓出來的，像擠牛奶般擠出來的。屈原之所以別無選擇光景的「山水」詩，或「遊覽」詩，那是無足奇怪的了。長吉則是於未有任何成就時就遭到阻礙，特別是他又僅只走了一段很短促的人生道路，故知，說「賀則幽深詭譎，較《騷》為尤甚！」（姚序）我們認為，這是批擬不倫。說是可那樣說的，但，質美相似，比較是可以的；軒輊則不可，他們條件不同並無較量的可能。

今人錢默存先生云：「長吉文心如短視人之目力，近則細察秋毫，遠則大不能見，輿薪；故忽起忽結，忽轉忽斷，複出旁生，爽肌戛魄之境，酸心刺骨之字，如明珠錯落；與《離騷》之連犿荒幻而情意貫注，神氣籠罩者，固不類也。」（《談藝錄》）此又一說也。

這裏我們不必多餘的判斷屈、李優劣，而只想略屈、李異同，則錢氏所見，實關成熟問題；錢氏又從生理上研究詩情，其說甚新，惜未舉例言之。蓋長吉龐眉，未聞近視也。

錢氏又謂：「長吉於六代作家中，風格最近明遠，不特說鬼已也。」此處發揮蕭子顯《南齊書》、《文學傳論》，稱明遠「發唱驚挺，操調險急，雕藻淫豔」的創見，是值得轉引稱述的。然而必須明確的說，長吉卻絕無鮑照那一套政客式的心理，長吉沒有必要耍弄「鄙詞累句」，因為他「純」！——在這一點上，長吉是更有資格與屈原同日而語的。按，清・戴東原自序其《屈賦注》，給屈子之一字之褒曰「純」。筆者讀之歎為名言！然而長吉歌詩園地，也正復是「中無雜樹」。

長吉歌詩鮮美，他是自覺的，故曰：「休洗紅，洗多紅色淺。」僅改古詩一字。按姚仙期本，「淺」作「淡」，則一字不改也。

還有一點，也同異之間，這即是他的狂，（後面將還要說到）屈原云：

> 折若木以拂日兮，
> 聊逍遙以相羊。

洪興祖注：

> 或謂，拂，蔽也。以若木彰蔽日，使不得過也。

試想，這不是跡近瘋狂是什麼？使這古往今來，如此奇肆而純美的詩句得到理解，也許只有在我們這個現代，在科學的時代才有一點可能性吧？即使我們不宣揚龍不羅梭，這難道不是可以接受的常識嗎？「瘋人，情人，天才」，三位一體不是很清楚嗎？（注三）換一句話說，奇肆的詩，也就變得無所謂奇肆了。黃傳祖云：「長吉多懼，懼則匿，則詭。」（姚本序）姚氏曰：

> 世間安得有奇？即有奇，亦安得有不可解者？余謂昌谷詩無奇處，原無不可解者。

假如排除掉一切穿鑿附會，這句話就未免顯得太誇大，連我們生長在科學昌明的時代，都不一定就有人敢於如此獨斷。但，話也並不大錯，那要看有無那「解頤」之說，是否有一個匡鼎走來？

像屈的《離騷》那麼崇高的大著，長吉是沒有的。然而，長吉那怪麗如「翻江倒海」（姚序）的詩情，就是偉大的屈原復生，恐怕也不能不歎為異彩吧？實際上，長吉「歌詩」有《九歌》的影子在，不只〈帝子歌〉之全仿《九歌》。「帝子」自是長吉之女神，卻也未必無現實作根據。（注四）。

為了避免好奇，姑就最平實無奇，大家用得最熟也最俗的形象，如太陽一詞，試舉一例，〈宮娃歌〉的結穴云：

原君光明如太陽，
放妾騎魚撇波去！（注五）

長吉「酒酣喝月使倒行」有太白遺風，卻非本色。這裏，以太陽祝願，則為太白所無。王琦云：

> 思歸家而不得，惟有夢魂一往。
>
> 所願君之明如太陽，天不遍照；知宮人之幽怨而放之，乃騎魚撇波而去，幸矣。「騎魚」字甚怪，或傳寫之訛，亦未可定……
>
> 夫宮娃未易得放，河魚豈乘騎。以必不然之事，而說為癡絕之想，摹擬怨情，語意雙極！

以王琦之不為無見的注釋，尚且以為「傳寫之訛」，可知如美幻的筆觸寫「思歸家而不得」，這樣來說夢的心，是何等地美好啊！難怪詩才馨逸如玉谿也公然的以「效長吉」為榮了。玉谿還特為長吉寫了〈小傳〉。

也許長吉難免少年老誠的因素，卻少兒童心理。而這首〈宮娃歌〉獨具例外的神氣。

從才情上看，毫不含混的說，長吉是成熟了。他的成熟有點像禪家的「異熟果」，「或異地熟，或異時熟；熟之遠者隔生。」（錢澄之序）這正是苦吟者長吉及其詩的生命，也是苦吟者長吉的命運。這是一株美幻的生命樹。假如長吉活得更長些，他能寫出可與李、杜那樣深婉完美的媲美，但也能避免各種習氣之侵蝕嗎？那就難言了。

我們可以認為，長吉實在已經達到他的頂峰，也可以反面來看，方扶南說：

> 工力之深如義山，學杜五排，學韓七古，學小杜五古，學劉中山七律，皆得其妙。獨學賀不近。賀也，詩傑矣。

義山詩才精深，又博覽書卷，較長吉多活了二十年之久，卻落得一種無可奈何的愛慕之情。難怪義山刻意的寫一篇以「白玉樓」傳說為主的〈李賀小傳〉了。這是一幅何等吸引人的畫圖？

你看，於是沈亞之，小杜，玉谿生之團團圍在長吉身旁，彷彿環火而舞。

前面曾說到李賀與樂工的關係。

有人說長吉詩是「變聲」：

> 長吉天才奇曠，又深於南北朝樂府古辭，得其怨鬱博豔之趣，故能鏤剔異藻，或以變聲。（徐忠獻）

今之治文學史者，別有異議，以為既有那麼些教坊伶官，諸王妓女都拿他的「歌詩」去入樂，便證明詩人李賀，「足以投合當時習於宴安而日趨沒落的統治階層所有頹廢而又不免感傷的情調。」（陳子展）這類話如非囈語，便是過變求勝之談了。癡人前不能說夢呢，還是夢人前說不得癡呢？按，漢唐強盛期，社會大抵是健康的，但，唐開、寶間，長安繁華，遊俠之子流連於洋洋太平景象之中，是一些表面現象，而其一時建築、繪畫、雕刻、音樂、舞蹈諸藝術，咸極其盛，《新唐書・禮樂志》（十二）云：「盛時，凡樂人，太常，雜戶子弟，隸太常及鼓吹署，皆番工，總號音聲人，至數萬人。」然而天寶之亂以後，盛唐的繁榮沒有能得到正常的發展，文士們大大小小，多多少少都沾染上了一面是逃避現實，一面是享樂頹廢的風習，便是很難免，很難免的了。正負兩面，我們都得承認，這就是現實。

長吉以一個沒落的王孫公子，不得志於時，僅奉禮太常，任職協律，他大約是很難自拔的吧？長吉自己也許很難自道短長，也許他的長處同時也是他的短處，自然而然地會諱言的。而在我們，除了給予細論，實在沒有別的辦法；只說一個現成的「浪漫主義」詞兒而已。等於什麼也沒有說，什麼叫「浪漫主義」呢？僅按布蘭地斯《十九世紀文學主潮》說，浪漫主義其學說甚深廣，僅僅拈一個詞兒來公然籠罩人，那是不成的。那只不過是自欺欺人而已。對長吉，我們不能只畫一座如此潦草的荒墳。

長吉〈秋來〉這裏有兩條眉批：

一、「言，誰能守此殘編，如防蠹然？憤詞也。」

二、「恐老死似此也。至此，詩傳亦何濟耶？」

這是篤好長吉的黎二樵的手筆。

「雨冷香魂吊詩客」設想所歡之死。故結穴云：

秋墳鬼唱鮑家詩，
恨血千年土中碧。

除了具有大膽觀念的苦吟者，是不會作出此等設想來的。故知，長吉「鬼才」，與他近似明遠，此其間息息相通。通儒紀曉嵐云：「『秋墳』句，當指鮑照。」這是一個很重大的發現。

今人錢默存闡發道：「鍾嶸論明遠曰：俶詭靡嫚，骨節強，驅邁疾，與牧之風檣陣馬，時花美女，牛鬼蛇神諸喻，含意暗合，非偶然矣。」（注一）

鮑照，也是長吉詩的來源，從詩質上看是這樣；它與平常所說的影響有程度上的差別。影響似乎是附加的。影響也並不大錯，例如：「東家蝴蝶西家飛，白騎少年今日歸。」「西家」豈非用鮑照〈行路難〉：

陽春妖冶二三月，
從風簸蕩落西家；
西家思婦見悲惋，
零落沾衣撫心歎。

長吉讀書有□，出此幽憤，〈秋來〉之作，把長吉的狖急，不可忍煩情況，合盤端出，速死蓋亦可以想見。

鍾嶸《詩品》論鮑照云：「其源出於二張。善制形狀寫物之詞，得景陽之俶詭，含茂先之靡嫚。骨節強於謝混，驅邁疾於顏延

（之）。總四家而擅美，跨兩代而孤出。」

「嗟其才秀人微，取湮當代。然貴尚巧似，不避危仄，頗傷清雅之調。故言險俗者，多以附昭。」長吉險俗似之。

最值得注意的還在於：鮑照也號稱擅古樂府者。

清何義門《讀書記》指出：「詩至明遠，已發露無餘。」又「亦具太沖瑰奇。」又「詩至於鮑，漸乃誇飾，雖奇之又奇，頗乏天然。又不嫻於廊廟之制，於時名儒，不逮顏公，非但人微也。」這些評語幾乎完全可以移贈長吉了。文申子說鮑照是「古之狷者，其文急以怨。」《南齊書・傳論》的話尤為明暢：「亦猶五色之有紅紫，八章之有鄭衛；斯鮑照之遺烈也。」令人幾難於分辨究竟是指誰，指明遠還是長吉了。

鮑照於長吉，關係是深切的。最有趣味的是〈夜坐吟〉。王琦告訴我們：「樂府有〈夜坐吟〉，始於鮑照。」而長吉亦有之，他的興趣寄託何在，無須詞費了。但長吉以夢幻代替了神秘乃至宗教性，現實拋棄了長吉，長吉也拋棄了現實，詩人的夢幻就更其精純了。

長吉詩雖說有著反駢偶的傾向，這是時代精神；但他熟悉六朝詩與樂府，故他的雜也就是他的純。假如長吉永年，得到發展，也是不會跟蹤杜、韓的。他很難默守道統。請看其雜，柳惲有〈江南曲〉：

> 汀洲白萍，
> 日落江南春。

長吉有〈追和柳惲〉。有題等於無題，此非長吉之《遠遊》乎？（注二）

注一：〈秋來〉，王琦曰：「若秋墳之鬼，有唱鮑家詩者。我知其恨血入土，必不泯滅，歷千年之久，而化為碧玉者矣。鬼唱鮑家詩，或左有其事，唐宋後失傳。」此亦一附識於此。

注二：柳惲有〈江南曲〉，王琦曰：「吳正子以長吉追和者必是此篇。故首有「汀洲白蘋」之句。今細校之，二詩意不相類。恐追和者另是一篇。」

注三（補）：特別是天才與瘋狂，義大利犯罪學學者龍不羅梭從病理學的見地看，很有越出常軌的傾向都列為病態的。龍布羅棱的著作，書題即：《天才與瘋狂》——長吉傲忽僅作為性格論，也許是太荒疏些，其實長吉人與詩的許許多多地方都不折不扣是病態的，豈但「三位」。

注四（補）：還有一首〈帝子歌〉，值得玩味。

方扶南云：「題曰『帝子』本《九歌》稱堯女者。」

王琦云：「《山海經》：湖庭之山，帝之二女居之。是常游於江淵，澧沅之風，交瀟湘之浦，是在九江之間，出入必以飄風暴雨，帝，天帝也。以其為天帝之女，故曰帝子。與《楚辭》所稱堯女為帝子者不同。」

四、「鬼才」上

清陳沆《詩比興箋》錄長吉詩多至二十首，以體制故，專取其刺世憂時之作。評〈苦晝短〉云：「指同上篇（按指〈昆侖使者〉皆辟求仙之無益，方術之不足信。謂長吉「鬼才」，無理，太白酒仙無用；皆僅就其遊戲之末，為英雄所欺耳。」從反面來看，陳沆也只說對了一半。太白、長吉、無疑都是詩國裏的精英。「遊戲」說，尤覺草率。遊戲本身與詩並不為敵。若是真能達到做詩像遊戲的程度，即以詩為競技的項目何妨？例如唐之詩人，我不願說天才詩人，我卻很願意說「古人之詩天也，今人之詩人焉而已。」（楊誠齋）「詩天」之中怎能不包括著遊戲成分？有人說昌黎詩有「鬥勝之意」，東坡詩有「遊戲之意。」（注一）誰都知道詩人東坡是天分很高的，即使不說他是「天才」。

太白、長吉，皆取法於《九歌》，長吉尤幽渺。《九歌》中有〈東皇太一〉，有〈國殤〉、〈禮魂〉，皆「鬼才」，實際可以觸摸到到者。長吉又每喜詠史，似乎也堪稱「作鬼時多」吧？（注二）尤其是女性鬼。下面是一首詩，尚有爭議：

〈感諷〉六首之三

雜雜胡馬塵，森森邊士戰。

天教胡馬戰，曉雲皆血色。

婦人攜漢卒，箭箙囊巾幗。

不慚金印重，踉蹡腰鞬力。

　　恂恂鄉門老，昨夜試鋒鏑。
　　走馬遺書勳，誰能分粉墨。

王琦注：「姚經三謂諸本作婦人解者為『無據』，而以貞觀、元和之間，數以宦者典兵，故長吉以婦人比之。……是亦一說。雖覺新創可喜，然以愚意作婦人解者，較為帖妥。」按，長吉年少，有無側身朋黨爭衡之理，實在可懷疑！何況長吉詩中也絕少此種淺陋的曲折。王琦注又云：「按，唐書史思明之叛，有衛州女子侯，滑州女子唐，青州女子王相與歃血赴行營討賊。又言，藩鎮相距，用兵年久，女子皆可為孫吳。是當時婦女效力行間者，誠有之矣。長吉有感作此詩歟？」

〈感賦〉二，末云：

　　嬌魂從回風，
　　死處懸鄉月。

黎二樵曰：「伐戍婦怨。」此非女鬼而何？此大唐「國殤」也。詩史交融，注者下語也較有分寸。

《滄浪詩話》：「人言『太白仙才，長吉鬼才』，不然。太白天仙之詞，長吉鬼仙之詞耳。」

《文獻通考》：「宋景文諸公在館，嘗評唐人唐人詩云：『太白仙才，長吉鬼才』。」

此「鬼才」一詞之出處。嚴滄浪給詩人升格，而曰「鬼仙。」李維楨則說：「海內……間好長吉鬼語，而不察長吉胸有萬卷書，筆無半點塵，奈何信腕信口，無所取裁，忘自攀附，猶倀子假鬼面，效鬼聲，相戲相恐也，終身淪墮鬼趣，才何有焉？」（序）他稱頌「鬼語」，則有根據：

「世目李長吉為鬼才，夫陶通明博極群書，恥一事之不知，曰：『與為頑仙，寧為才鬼。』然則鬼才豈易言哉。」（同上）

原來宋景文的「鬼才」是從「才鬼」而來的。

所謂「鬼才」，實是談藝中所指風格的一種，它是個代名詞，衛道者們大抵無知妄論，一看見這個詞兒就嚇得魂不附體了，不得了，要鬧鬼了！此豈非欲為腐儒都不能之流亞？詩人忠實於自己的藝術，終會導至在哲學上反中庸的地步，當其時，在藝術上至於反詞學，反駢偶的地步；凡此，無以名之，就是「仙才」，「鬼才」云云可也。此其間完全並無神秘。自然，長吉的〈神弦〉三詩，令人矚目；秋墳鬼唱，尤其驚人！所以如〈秋來〉一詩，「冷雨香魂吊詩家」，「香魂」，《文苑》作「鄉魂」，筆者以為較為相宜，似應從之也。

長吉與大多數人相似，屬於「不得意於時」的一流；但長吉以早死，避免了某種羈絆，他寫詩未致多所禁忌，他可以沒有束縛地馳騁想像——甚至他的鬼也是不死的，請聽「秋墳鬼唱」時，這個鬼，非「山鬼」其誰？

其實，人世間有許多事，令人毛骨悚然，皆在鬼外，不但如老杜的「麂」也。（編注）

長吉確也寫了些現實性的詩，關乎人事，卻並不成其為「問題劇」式的，而且，長吉做詩思路迴不猶人，通過他的三棱鏡，任何情事，也要曲折地改變真像，因而我們讀詩者更感到不可捉摸，只能祈求如其幸運，間或得到「相說以解」的機會，那就好了。

明末幽默大師王季重告訴我們：「長吉喜用『鬼』字，『泣』

字，『死』字，『血』字，這些字來得如此幽冷溪刻，無非是『鬼才』的表徵，它們『適反其常』地通往詩的大道上來。陳二如說：『其作詩之初，全是以人不解者為詩，雖一語教人漫然索解也不肯。人於是因其■[1]世，遂群起而『鬼』之。讀著如此變態百出的詩，就懂得了像玉谿生所見，是多麼深妙了。」

「未曾得題，然後為詩，如他人思量牽合以及程限為意。」（〈小傳〉）

是的，做題目的詩和接近詩的實質的詩之不同就在於此：前者是先有題目，然後做題目，湊成一首；後者是先有詩，並無題目，完整的詩寫成，然後加上一個題目，實則仍是「無題」詩，即真詩。這就是「晚唐詩」的詩人李商隱的創造。一部分是他因讀李賀詩而得到的妙理，明白的寫在〈李賀小傳〉裏，謂為赤水之玄珠，其珠不待探驪得之也，它似乎並非來自『人間語』，然則何妨是「鬼才」呢？

後人只大體承認了「無題」詩。

並無任何人反對「無題」詩。

然而，「無題」詩的妙理的影響並不很大，也並未得到多少闡發，使之「充實而光輝」。但，「充實之謂美」，也不須善待我們在這來作寂寂之談。

其實，究竟什麼樣的詩才叫作「鬼詩」呢？

大家都熟知的一個鬼，見諸《九歌》，即「山鬼」，她是如此美麗而多情致，我們對之無從產生「怕鬼」的恐懼情緒，相反的，她使我們想，像做夢一樣的想到：原來鬼者，神也。山鬼乃是山中

[1] 此處原稿脫漏一字。

女神，這是一個「失蠻」（姑且借用。或作「失意」也可。）的女神，她卻並不厭世，始終「既含睇兮又宜笑，」超乎人我之間，一片空靈，極深刻地瞭解那愛情的真諦。——然而出自「鬼才」之手的一曲〈神弦〉，則意境陰淒，悚人毛骨，「山魅食時人森寒」，這是多麼可怕啊！無怪他又委婉地告訴人們道：

神兮常在有無間。

唉，年輕的可愛的詩人！

後世詩人讀狐鬼故事寫道：「料應厭作人間語，愛聽秋墳鬼唱時。」這正是「詩人的詩語」吧？但請注意，這裏是「鬼唱時」，而不是「鬼唱詩」。今引用之，自謂寫出長吉脫俗之處了。玉谿生云，「自有仙才自不知」，長吉「鬼才」則是自知的，也正是其脫俗處。

王琦注〈神弦〉三詩，最後道：「姚仙期曰：『秦俗鄙俚，其陰陽神鬼之間，不能無褻慢荒淫之雜。長吉更定其辭，以巫不可信，故言多諷刺云。』琦謂不然。長吉詩派，本自楚《騷》，以楚《騷》之解解三詩，求其所諷刺之言，竟安在哉？」

長吉借讚頌楊雄自白道：「楊雄秋室無俗聲。」(注一)

這自白實是長吉自負語。

「無俗聲」有什麼呢？那大約就是巫風即歌舞娛神之類的「歌詩」了。「秋室」句，其狂不可及。生長在黃金時代的唐代，許多詩人都很狂，不單是李、杜、玉谿也很狂，長吉自然更是狂極了。所謂「天上人其代之」是也。正是「鬼才」促成其狂，成其為詩的。在長吉，其狂不只是自負的，恐怕還是自覺的：

原攜漢戟招書鬼，
休令恨骨填蒿里！

這哪裡是獻神呢？簡直是「天不怕，地不怕，雷公下來打一架」了。是打不平，也是「自況之詞。」（二樵云）

僧齋已〈讀李賀詩集〉，把一堆「狂」合盤端出：

赤水無精神，
荊山亦枯槁。
玄珠與虹玉，
璨璨李賀抱。
清晨醉起臨春台，
吳綾蜀錦胸襟開。
狂多兩手掀蓬萊，
珊瑚掇盡空土堆。

一位美國現代詩人勃萊（R.Bly）也說到狂，他認為李賀詩裏有真正出色的形象。又云：「幾乎是太狂了，連掩飾都無法掩飾。」（注二）

注一：「石榴花發滿溪津，溪女洗花染白雲。」詩人徐青藤解，似言五月炎熱，夏雲之氣如火。之色。榆按，二語實寫景物。千古麗句，此所以「無俗聲，也。此長吉之《招魂》。

注二：王佐良：〈詩人勃萊一夕談〉（《世界文學》，一九八〇，第六期。）

編注：麂，象鹿，比鹿小，毛黃黑色，雄性麂有短角。

五、「鬼才」下

唐貞元中，張碧以同時人學長吉，常自序其詩：

「碧曾讀李長吉集，謂春拆紅罩，霹開蟄戶，其奇峭者，不可攻也。及覽太白辭，天與俱高，青且無際；鯤觸巨海，淵濤怒翻。則觀長吉之篇，若陟嵩之巔，視諸阜者也？（《唐詩紀事》）

上面這一節文字，不但文字好，且具有客觀精神。讀之，認為極為難能可貴！但它不是二李優劣論，它區分出的高低乃是大自然的高低。自然，這於長吉也許不利。因為，長吉詩的天空不是「青且無際」的秋高氣清的天空，而充其量是一片繁茂的樹林。不妨長吉是詩的大地上的人。長吉及其詩俱非「天馬行空」式的，這也許正是值得慶幸的大好事。

長吉號稱「鬼才」，本係與太白爭勝毫釐間，但這卻也並非「爭目睫之短長。」總之，張碧的話給人好感，給人欣慰，猶是「詩人之言。」評論家張戒云：

> 李賀有太白之語而無太白之才；太白以意為主，而失於少文，賀以詞為主，而失於少理。（《歲寒堂詩話》）

朱子以哲學家兼詩論家的身份說道：

> 李賀較怪些子，不如太白自在。
>
> 賀詩巧。

朱子的態度不像論詩，倒像觀魚了！我們以為，比較是不妨的，但，才與才是不同的，也要知道，標準是可以隨時轉換的。我們目前讀李賀詩，有什麼必要把不如李白掛在口邊呢？那不是更怪的事嗎？

下面容我們隨手擷取一束李賀奪人耳目的詩句吧：

一·我有迷魂招不得，雄雞一聲天下白。（〈致酒行〉）
二·天若有情天亦老。（〈金銅仙人辭漢歌〉）
三·二十八宿羅心胸，元精耿耿貫當中。（〈高軒過〉）
四·金盤玉露自淋漓，元氣茫茫收不得。（〈昆侖使者〉）
五·洞庭帝子一千里，涼風雁啼天在水。（〈帝子歌〉）
六·葛衣斷碎趙城秋，吟詩一夜東方白。（〈酒罷張大索贈詩〉）
七·石破天驚逗秋雨。（〈李憑箜篌引〉）
八·角聲滿地秋色裏，（〈雁門太守行〉）
九·石榴花發滿溪律，溪女洗花染白雲。（〈綠章封事〉）
十·落花起作迴風舞。（〈殘絲曲〉）
十一·買絲繡作平原君，有酒唯澆趙州土。（〈浩歌〉）
十二·勸君終日酩酊醉，酒不到劉伶墳上土。（〈將進酒〉）
十三·秋墳鬼唱鮑家詩，恨血千年土中碧。（〈秋來〉）
十四·羲和敲日玻璃聲，劫灰飛盡古今平。（〈秦王飲酒〉）
十五·不見年年遼海上，文章何處哭秋風。（〈南園〉）
十六·人人得意且如此，何用強知元化心。（〈相勸酒〉）
十七·鎚碎千年日長白，孝武秦皇聽不得。（〈官街鼓〉）
十八·鱸魚千頭酒百斛，酒中倒臥南山綠。（〈江南美〉）

十九・佳人一壺酒，秋容滿千里。（〈銅雀妓〉）

二十・莫嫌金甲重，且去投飄風。（〈馬詩〉）

這裏，五言句錄取甚少，但不容占篇幅了。

詩「難以句摘」的原則，於長吉是不適用的。所以我們作此「摘句圖」。

這些詩句，在氣勢上是雄渾的；在詩情上，則不免有些怪奇。「何用強知元化心，」這裏「強知」之剛健因素正復是苦吟詩人的面貌，這是不足為奇的。貫穿著這些詩句的，總之，是一種宇宙氣息，宇宙精神。

詩中蘊蓄著一些「鬼斧神工」的痕跡，那是太白詩中所沒有的。

有人聯類論之，以為韓愈、長吉一派，可與雕刻大師羅丹媲美（蘇雪林《唐詩概論》）確是不無所見。譬如蟻行磨上，欲西反東，我們近取諸身，長吉詩風與韓、孟險怪，正屬於一派系，這是千真萬確的事實。

長吉雖「傲忽」，到底脫離不了時代與社會的陶鑄。

長吉與韓愈的關係，一見於韓愈的〈諱辨〉，一見於長吉〈高軒過〉。前者明白無誤，是政治性的。後者卻有可議處，藝術不可疑，而事實可議；值得細閱，不是一讀即了之的。〈高軒過〉這一首詩是長吉的代表作之一。

一個作家的所謂代表作大抵並非傑作，然而有點奇怪，〈高軒過〉是一個例外，它既是一首代表作，又是一首傑作。代表作，望文生義，應該是作者自己首先感到是他最為親切的產物；傑作則往往是超乎自我的最佳作。

相傳〈高軒過〉為長吉七歲時作，「總角荷花」時作能夠代表是什麼呢？代表他是神童嗎？長吉詩絕少「童心」，或兒童心理。故知七歲說恐非事實，不是以證明詩人早熟與敏感；如果來自假借韓愈等的大名，便是庸俗的借重，當非長吉所樂為。〈高軒過〉詩前有一行字，並不像原有小序或小引：「韓員外愈，皇甫侍御湜過，因而命作。」這十五個字，先就很可疑，長吉七歲，時韓愈未為都官員外郎，皇甫湜亦未為侍御，此其一。其次，此一行十五字或為後人所增。或換過來說，韓愈為都官員外郎在元和四年，皇甫湜於元和四年以陸渾尉應「賢良方正、直言極諫」，而指陳時政之失，宰相李吉甫所惡，久之不調，則其為御，應在此年以後，約其時，長吉年已弱冠。然則《摭言》七歲之說實謬。如定為七歲，為真元十三年，丁丑（七九七年），則提前了十年以上。故王琦很謹嚴地說：「恐《摭言》七歲之說為誤。否則，此詩前一行十五字乃後人所增歟？」這個疑問有價值。榆按，或者為長吉詩搜藏者所加，也許是沈亞之，也不得確知。這十五個字不像七歲小兒能著手的，他能知道員外郎、侍禦為何物呢？馮浩箋注玉谿生〈李賀小傳〉云：

「近人吳江、沈潔箋注昌谷詩，而謂此篇正屬避嫌名，不敢舉進士之時，賀年一十有九。……考之韓愈於元和四年六月改都官員外郎，守東都省；五年為河南令；六年行職方員外郎，至京師；七年兼國子博士；八年改郎中矣。……《新唐書》所敘甚略，且錯亂，然有云：『愈令河南，厚遇之。』而集有河南府試樂詞。則並轡訪李，必元和四五年事。故詩曰：『東京才子，文章鉅公也。』則舊說提前了十二、三年。」無論如何，韓愈憐長吉感遇，都在常識範圍之內事，長吉贈詩，可謂得體：

筆補造化天無功。

大似律中黃鐘，尤為警世。看起來，說長吉會有更大發展，雖為設想，事實上在怪巧之外，長吉詩確有著深廣的表現，這也正是在長吉早死前詩「理」的客觀存在。

錢默存先生云：「長吉詩如〈仁和里雜敘皇甫湜〉、〈感諷〉五首之第一首，〈贈陳商〉等，樸健猶存本色，雅似杜、韓。〈開愁歌〉亦為眉疏目爽之作。……〈春歸昌谷〉，〈昌谷詩〉劇似昌谷五古正練之作；〈北中寒〉，可與韓、孟「苦寒」兩作驂靳（注一）。昌谷出韓門，宜引此等詩為證。世人僅知舉〈高軒過〉，目論甚矣」。（《談藝錄》）按，〈高軒過〉當賦詩時是否有人證呢？姚文燮注本有按語云：

「賀父晉肅，亦有才華，未能登顯籍。賀七歲，時晉肅尚在，韓愈、皇甫湜見過，此時當自酬酢。龐眉『死革』，賀謂其父已衰暮零落，一旦得華風噓拂，榮寵倍常，而我自今日斂其羽毛，附二公於青雲之上，他時變化飛騰，自不敢負二公之盼睞也。」榆按，假如我們推理來說，如果造訪者不止一次，同「命作」也有可能是事實；但也不能七歲時。總之，〈高軒過〉始終是開啟長吉歌詩樓閣的一把鑰匙。

這把鑰匙啟迪讀者得以確知長吉其人的社會位置。所以〈高軒過〉也不可輕視。

長吉的詩人身份以及其詩的藝術水準，這些都和韓愈有密切關係。然則，當賦詩時可以想見：長吉此時際大似脫穎而出，因為面前是一位文壇核心人物，韓愈雖號稱重「道統」，並且為古今的一些評論家所不滿，但他實係文士，而熱心獎掖後進，造成一個派系，比「韓、孟」雙軌駢進的景況更為普遍，更為重要。此外，韓愈又闢了一條「以文為詩」，詩風險怪的道路；在文一方面，他反駢偶；在詩一方面，是講求技術，並著意競技的，所以有的評論家認為「昌黎詩有鬥勝之意」。（潘四農）故意「迫」而不「妙」。簡言之，語云即「費力不討好。」凡此，都足以促使人們脫離中庸哲學的羈絆——這句話似乎是「靈魂的冒險」——成為一個成功的詩壇領袖。所謂「韓門」，擁有孟郊、張籍、皇甫冉、皇甫湜、賈島、劉義、盧仝、王建、姚合，甚至於沈亞之，也可算數。當然，還可以再加上最年輕的一個魔鬼的門徒：李長吉。長吉對韓愈有知遇感，是尊重他的，其詩風奇險，勁挺，正是與孟、韓有共通之處。但若以為「韓門」入室弟子，恐怕就很勉強了！長吉自有其「鬼才」及其師法處，那是韓、孟所不及知的。韓愈對他自己詩與散文的分道揚鑣，恐怕也缺乏自覺。

長吉是自覺的，稱頌韓愈的名句：「筆補造化天無功。」昌黎寫不出，東野也寫不出，它正是出諸「龐眉書客」、「白騎少年」之手，當然它理應師屬於長吉自己，故應大筆特書。

莎士比亞云：「人藝足補天工，人藝即天工。」（見《冬天的故事》）人天合一，靈肉一致，戲曲大師一語如大禹之鑄鼎，何等神奇！長吉詩句也是化工之筆，使我們認識到：「鬼才」真的寓有比《浮士德》的「魔」更豐富的意義哩！而且，若然，藝術豈非一種「行」，即「宇宙精神」？

尤奇的是，「知天而不知人」的莊生，似乎多多少少也具有此「鬼才」，而不只是知道夢為栩栩蝴蝶也。

李賓之謂長吉「有山節藻棁而無梁棟（《懷麓堂詩話》），無非嫌長吉稚拙而已。如羅丹的石頭，有目無珠者亦以為稚拙，知美醜者則有味其稚拙之美，以為怪麗（grotesque）殆無以倫媲。即今之以為長吉少不更事，難比屈子之飽經憂患，大抵不外以正統為傳統，不知長吉之獨具慧心，於智者為更上一層樓也。

這一支「補造化」的筆，時或夢裏生花，時或粗疏而又一似「青山正補牆頭缺」那麼令人感到說不出的無可奈何！

長吉雖為一個苦吟者，終是不平衡的詩人。

我們不免「追思之」，正如王琦之說詩解頤：「夜坐」者，夜坐而俟其來也！

這就果有鬼趣了！

按《樂府》有〈夜坐吟〉，始於鮑照作「代夜坐吟」：

冬夜沉沉夜坐吟，含聲未發已知心。
霜入幕，風度林；
朱燈滅，朱彥尋；
體君歌，逐君音；
不貴聲，貴意深。

長吉〈夜坐吟〉，末云：

明星爛爛東方陲，
紅霞稍出東南涯，
陸郎去矣乘斑騅。

王琦注云：「此句是迴念前此去時之況，因其不來而追思之，遂有無限深情！」鮑照遠「不貴聲，貴意深」是也。長吉詩之難能可貴，在此；今人追思，也在此。謂之「鬼才」，喜其「鬼趣」，並不是那麼說說而是觸摸得到的，絕不是「鬼語」，絕非「流螢夜深至」或「螢火出深碧」。可比。（注二）

注一：韓愈〈苦寒〉，孟郊〈苦寒吟〉，均係五古。長吉〈北中寒〉則為七古。朱竹坨評韓〈苦寒〉謂「逞誕，殊覺味短。」

注二：范德機〈感秋〉詩：「雨止修竹間，流螢夜深至。」

王漁洋：「螢火出深碧，池荷聞暗香。」凌次仲以為「幽澀如鬼語」。

六、苦吟與晦澀

著名的長吉崇拜者徐文長嘗作《驢背吟詩圖》，讀之，感到遺憾：他何以不畫長吉！是否因為我知道長吉是一個愛馬而善於寫馬的詩人呢，還是在說徐青藤不很忠實呢？

《歌詩》集二，馬詩二十三首。

「馬詩二十三首，俱是借題抒意，或美或譏，或悲或惜，大抵於當時所聞見之中各有所比。言馬也而意初不在馬。」

「又每首之中皆有不經人道語。人皆以賀詩為怪，獨朱子以賀詩為巧，讀此數章，知朱子論詩，真有卓見。」

朱子的卓見，實際上是告訴我們：以巧為階梯。長吉在本質上是一個典型的苦吟詩人。

「李賀作樂府，多屬意花草蜂蝶之間。」語見趙璘《因話錄》。此外，張戒以為他「不知世間一切皆詩，」或以為長吉詩「作不經人道語」（《餘冬序錄》）；此類意見逐漸令人受到影響，以致把長吉乃至晚唐溫、李一派，皆作唯美主義者了。這無非受西方文學思潮的皮毛而已，不足怪也。

實則長吉詩大抵出諸雕琢，唯一的例外是〈古篁調笑引〉。這是一首關於古樂以及長吉「嘗和律呂之職」的詩。

雕琢？或以為不過是飣餖成文，故不能文從字順。但，也許是音樂關係，「樂府古辭」，每不堪卒讀。有人懷疑：長吉本意大約正是以為世間一切非詩，故鑄辭瑰麗，出語俶詭吧？我是屬於這個懷疑派的。

據知，現代已故愛爾蘭詩家葉芝（W.B.yeats）曾想「把詩做得非詩似的」，這難道是一條怪想法嗎？我們從汴宋到杭宋也曾貫穿著一條潛伏的詩學思潮：「凡詩須做到令人不愛、可惡、方為工。」（注一）在西方二者可以比較。若長吉豈取媚於人者？一個忠實於自己的藝術者，他會惟陳規之馬首是瞻的嗎？不不。這自然是一個十分重大的問題，值得深長思者。對長吉，於此，筆者也是遲之又久不能論定之的，直到我讀到一個偏僻的評語——它真宛如一個山中小徑！——才恍然大悟，我彷彿獨自進入一座「靜瑟」的林子；原來這裏是，「由來千種意，併是桃花源」：原來是這樣：

「賀詩，祖謝宗《騷》，反萬物而復取之。」（注語出元陳繹曾《吟譜》，未見，轉引自《唐音癸籤》七。即胡震號的一部大著。胡氏云：「宋人詩不如唐，詩話勝唐；南宋人及元人詩話又勝宋初人。」胡氏見多識廣，這個意思應該是不錯的。讀陳氏論長吉詩，信然。細味之，誠或不無「山徑之蹊間，為閒不用，則茅塞之」之感！此刻猛省，確乎頓開茅塞了。論長吉詩，《吟譜》一語勝人千百。——那麼，我們自然要「介然用之而成路」吧？完全可以這樣說，也可以這樣做。當你一讀之後，如心有所得，你將是會這樣走出一條新的途徑來的。

* * *

請容許我奏一支插曲。我獲得讀書之「至樂」，這裏如一首《小雅》之詩。我完全無意徵引理論家的話：「與古為新」。然而，請容許我引詩，這即是《小雅・彤弓之什・鶴鳴》：

鶴鳴於九皋，聲聞於野；魚潛在淵，或在於渚。

樂彼之園，爰有樹檀，其下維蘀。他山之石，可以為錯。

鶴鳴於九皋，聲聞於天；魚在於渚，或潛在淵。

樂彼之園，爰有樹檀，其下維穀。他山之石，可以攻玉。

我感覺彷彿變了一隻樂園鳥了？！

我說，那「他山之石」，這是一塊醜石，比《浮士德》裏的「魔」靡非斯托非勒斯美，比「山鬼」還美，比嬋娟還美，還比得上朝雲。

於此，我們應該省記蔡孑民先生「相容並包」即古今中外的教育原則！也許正是在他的偉大地號召之下，人們才開始重新覺識李長吉是「孺子可教」的吧？——我讀的第一本新的文評即王禮錫著《李長吉評傳》，神州國光社出版。

* * *

回想起來，我能從根本上領略到長吉詩法之脫離因襲，「離絕凡近，遠去筆墨畦徑，」實由元人一語始，我因之悟及何以這位年輕的「天縱奇才」「驚邁時輩」了。正如夢大風吹塵，我才理解長吉詩，何以被目為「施諸廊廟則駭」了。

長吉詩是「混亂的旋律」。

但，如〈出城〉一詩，春夏秋冬並見，那就純然是雜亂，亂人心曲的作品而已。

混亂而成旋律，非「覆取」而何？

以「反萬物而覆取之」，此一語應屬我們所能理解，並且能接受的「批判精神」範疇。不過，也許竊比之於「折骨還父，折肉還母」更好，更輕鬆些吧？

說長吉是苦吟詩人，苦吟是直接與廊廟抵觸的。而長吉又是天生的自然進入苦吟境界的詩人，便不為東方式的苦吟境界所囿了。長吉自覺地唱到：

非君唱樂府，
誰識怨秋深？

這裏的「秋深」，意味著一種特殊的感傷，即合乎長吉之少年身份。但，若認為是一種某種滋味的春困兼愁情，卻也不能等閒視之。我們不妨促膝談之。

法國象徵派大師波特萊爾有詠「秋」，商籟詩，以雛菊或殘菊為題，今錄其半句詩云：

「我恨殺了熱情！……」

讀之歎為名言。我想即深知「秋高氣清」的宋玉復生，也當首肯我的服膺。試思之，熱情何以要恨殺？如果不是大智若愚，豈非詩之「失愚」？——連我們的「詩教」不是也在老實地教導我們說嗎？——

「其為人也，溫柔敦厚而不愚。」

故我們不必為「悲哉秋之為氣」，宋玉式的秋心所震懾了。

這首歌詩，歌詠「秋深」，詩題〈昌谷讀書〉：「蟲響燈光薄，寒宵藥氣濃」，詩中顯然有著有關病理學資料的蛛絲馬跡可尋。更多的時候，詩並不做題目，「無題」本身即是一種苦吟境界的標誌。例如上述玉谿生深刻地領會，玉谿生自做詩很多是真正的「新」詩，故不但詩律縛不住他，即詩題也難以給他畫地為牢的虐待。有了玉谿，使我們進一步悟到長吉詩是真無題，（即真詩），不是失題，更非隱諱。造福我們的傳統與中庸，在這一點上卻成了我們的阻礙，令為太息，真的是無可奈何。

即使長吉詩無多流傳，僅有玉谿一篇〈小傳〉，長吉已足以不朽了。然而，非但能言人不可得，正索解人亦不可得，這就是我們的寂寞了。

* * *

以長吉比較屈原、楊雄、李白、韓愈、李商隱，皆無不可。而與杜甫比較，自姚文燮始，簡言之，即：長吉詩也是「詩史」。我們難以附議。但，可以換一個說法，我們說杜甫與其說也是一個，不如說他是第一個「苦吟者」。一個成熟的苦吟者。可惜他太是博覽，不能那麼奇與純，如長吉那樣。

何永紹說：「杜牧之序及詩，不如其時與事；李商隱之傳及其事，不及其詩與人。」似乎詩、時、事，並不能名狀其人，而這正是我們要省識的。

長吉名句：

骨至神寒天廟器

這裏的廟與郎廟的廟，似似而實非。

此句筆力凝重，極盡其形狀之能事！但是，長吉詩詞重凝重而又神氣，飛動，為論客所稱道，長吉屢用「凝」字，至於多用「骨、死、寒、冷」諸字，也都與凝字相通；然而長吉詩思靈妙，每化流易為凝重；他的敏感，詩的「疾書」才能，即寫鬼神亦能靜中時有春意，雖死猶生。「骨重」句，方扶南解說最好，他以為凡「寒」字率福薄相，此篇偏用得厚重。蓋對腸肥腦滿之庸俗而得其神理，肅雍清廟，自須無一點塵埃氣人，「寒」字所以絕妙。

潘四農說：

> 長吉古語，吾惟取其「星盡四方高，萬物知天曙」；「買絲繡作平原君，有酒惟澆趙州土」，「二十八宿羅心胸，元精耿耿貫當中」，「雄雞一聲天下白」，「涼風雁啼天在水」諸句，及「長卿寥落」一絕耳。餘非鬼語，則詞曲語，皆不得以詩目之。（〈養一齋詩話〉）

又云：「『天若有情天亦老』，秦少游以之入詞，緣此句本似詞也。」又云：「此外，有意作奇語者，皆易為之。」例如「黑雲壓城城欲摧」，「酒酣喝月使倒行」，「酒中倒臥南山綠」，「捲起黃河向身瀉」，等。又舉「變險而媚」者，如「一雙瞳人翦秋水」，「小槽酒滴真珠紅」，「玉釵落處無聲膩」，「高樓唱月敲懸璫」，「春營騎將如紅玉」等句。

> 此尤詞場騁妍之慣技，即之可喜，久之生厭者。然釣名之士，欲人一見驚喜，刻意造句，必險必媚，而後易於動目。「嘔出心肝」者，竟為後世聲氣用矣。（〈養一齋詩話〉）

這裏，除上所引文末一語未免谿刻，令人不齒外，潘四農又給我們提出來一個新的課題，這即是「鬼語」之外，又有了所謂「詞曲語」。他是不無所見的。特別是舉出秦少游來。

我們說過，長吉寫得好的，就好得了不得的好，寫壞了也壞得不得了，他確是如此不平衡的詩人。那些寫壞了的詩，就包括「詞曲語」在內。

潘四農筆下很犀利，上述諸例之外，所舉許多鬼魅妖豔詩例句，茲可從略。他最後說了一句話：「皆以極豔之辭，寫極慘之色，宛如小說中古殿荒園，紅妝女魅，冷氣逼人，挑燈視之，毛髮欲豎！吾不解世人何以愛好之也？」真的如兜頭一瓢冷水潑來了！

並不是他說的「世人」，而是在唐世的人們，實在早已把長吉詩視為一座「遊仙窟」，那時正是傳奇小說興起的世界。長吉的好友沈亞之「傳奇」作者之一。

我們看重長吉詩的凝重風格；便對其「無理之奇本不奇」的類似詩句不會那麼挑剔；當然，酌錄其一二，以昭炯戒，是無妨的。

潘四農指出的「詞曲語」一點，尤可重視。

它在我們，在這裏是一個新的課題。在長吉評論，這是非常有見地的。它還涉及中國詩文學傳統中一個廣泛的問題，但此處不能詳晰述之。茲僅舉一例，如孟浩然〈春情〉詩：「青樓曉日珠簾映，紅粉春妝寶鏡催；已厭交情憐枕席，相將遊戲繞池台；坐時衣帶縈纖草，行即裙裾掃落梅；更道明朝不當作，相期共鬥管弦來。」「有辨其是詞」（金聖歎《貫華堂選批唐才子詩集》卷四下）者，「亦是可謂為詞」。實則辨者忘記了，總之，蓋源出於樂府。孟浩然當巧而不用，是大手筆，尚遭此誤解，況長吉乎？

潘四農認為嚴滄浪立論支離，唱「玉川之怪，長吉之詭，天地間自欠此體。」今人郭紹虞以為語本朱子《語類》：「李賀較怪得些子，不如太白自在。又曰：賀詩巧。」又謂：「如唐人玉川子輩，句語雖險怪，意思亦自有渾成氣象。」（〈滄浪詩話校釋〉一六六頁）按，朱子是哲人，也是確立《詩》、《騷》文學位置的首創的評論家。承認險怪語，更是十分卓絕的見解！試讀長吉，因造警句，而獲妙理，集中所在多有，幾令人目不暇給。

大家都熟知的謝靈運的警句：「池塘生春草」，其工與奇，正在無所用意，猝然與景相遇，故非常情所能到；特別是這一句詩為病起忽然見之，而能道之；得之於自然，然而也是得之於夢中；可知乃正是得之於「夢寐以求」，亦即可謂之「苦吟」了。長吉苦吟凝重之句，自老杜，上溯大謝，殆常類是。杜甫是按照「苦吟」的最完全的價值與意義的苦吟者的第一個應該提到的。論長吉，自亦不能不想到這位其前輩。杜甫應該有一部「杜甫字典」就好了。

不是這樣一個傳說嗎，許慎（一作許瑾）與客宴花圃，未曾具幄設坐，使童僕聚落花鋪坐下，曰：吾自有花裀？——若然！我們固可以花朵來說文解字了。

故，杜甫絕不晦澀，杜甫崇拜最會運用文字的庾信。晦澀這一點要由玉谿生去負荷，玉谿生也最會運用文字。但，玉谿生詩中的一種海天境界，不同於老杜的「篇中接混茫」。（注二）

舉一個具體的例證：玉谿〈房中曲〉後半云：

憶得前年春，
未語含悲辛；
歸來已不見，
錦瑟長於人。

今日澗底松，

明日山頭蘗；

愁到天池翻，

相看不相識。

朱竹垞評曰：「言情至此，奇闢為千古所無。」這卻是一首「長吉體」。紀曉嵐評注有云：「天池，海也。海翻字出《酉陽雜俎》。別本作『天地』，非。」按，長吉詩雖詭怪，其長處仍在文從字順之中，而其「愁情」卻遠非「浪漫」可盡。故知此種海天境界，實為玉谿、昌谷所共有，惟昌谷並不強調之而已。醞釀相傳，至玉谿，難狀之景，遂如在目前。

長吉雖為少年，也絕無天真處。今人邵祖平先生舉其〈金銅仙人辭漢歌〉等「集中精騎」外，「春氣甚少，冷僻不完」，〈巴童答〉之「非君唱樂府，誰識怨秋深」，蓋自負又自審也。(注三)「自審」所評極精當。此種自覺，絕非高唱天真之歌的詩人所能具備的。

天真，應該是陶淵明最崇高的詩品，不止長吉一人難於望及者。(注四)

杜甫成熟，長吉生澀，乃是從某種發展上來看才明顯的，應該還包括「求全之毀」的至理在內。若然，其生澀不過如青柿之類而已。長吉缺失在於其才未老，如杜甫手筆那麼老到，任何難狀之景，只要寥寥幾筆，即見工夫；長吉五律雖好，未易到此。——像前人指出的：

星盡四方高，

萬物知天曙。

實在神似杜甫！就詩論詩，也可以說是神形俱似。與玉谿生等同。然而，如下面這類精雕細刻之作，長吉便難得如此完美了：

〈初月〉

光細弦初上，
影斜輪未安；
微升古塞外，
已隱暮雲端。

河漢不改色，
關山空自寒；
庭前有白露，
暗滿菊花團。

較諸太白，長吉更近杜甫，就因為杜甫是苦吟者。然而從長吉一面看，他又有近太白處，則在於樂府一源是相同的。太白不像長吉之有「詞曲語」，這可以反證長吉其才未老。或者「詞曲語」這一個十二分犀利的評論還有更複雜的原因，此處便不能詳晰了。

長吉詩大抵生硬險急，他既長於樂府，自然會與音樂有深密關係。詩與樂的關係，本來是一個最古老的問題，但在現代也依舊是一個新的課題，例如法國象徵主義者的理論中所蘊藏的。在中國卻一向為此糾纏不清，這裏當然無從細論。試略言之。

李西涯以詩為六藝之樂，專於聲韻求詩，而使詩與樂混者也。

詩為樂心，而詩藝實非樂。

豈同時人服西涯詩獨具宮聲，西涯遂即以詩為樂乎？

以上所述李西涯事，也是潘四農指出的：

詩雖樂心，而詩實非樂。

這也是很有見地的論斷。我們也可以說樂為詩心，詩實非樂。換句話說：「音樂性一詞，重要的在『性』而不在音樂。

順便的說，現代或我們這個現代已經解決了這個問題。然而，代價是相當大的。號稱以科學說詩的伊斯特曼Eastman厥性好罵，他咒現代的無韻體詩為「懶詩」！實則現代的以散文寫詩，不但排除音律的束縛，即「辭藻」（中國舊稱「詞章」）的羈絆也有所不受。此種以散文做詩，可以視為嫁接法，比許多想把詩這個名詞更換一個的想法要切實得多。我們中國古昔，尤重音律，但即使是理論家，也說過心中發出的「由衷」的話：「方急於情物而緩於章句」。（陸厥〈答沈約書〉，轉引自劉師培〈中古文學史講義〉。）……這麼重大的革新，在現代人手裏，尚且感到棘手，我們哪能要求音律學正在發展的唐朝呢？然而，也正因之使我們覺識到在昌谷、玉谿手中，我們透視到他們於詩確實有一種苦心孤詣之處，他們也在要求尋覓真詩！——此種權利並不是現代人所獨具的，而在他們（其實，我們也在內。）便同時產生了「晦澀」。這個批評，就成了節外生枝。

寫至此，憶稼軒詞：「不恨古人吾不見，恨古人不見吾狂耳，」這句詩，似乎昌谷、玉谿都有資格高唱的。實際上，他們都屬於「低調俱樂部」裏的老老實實在做詩的人。辛棄疾是英雄，他有說話的勇氣。

現在再回來說古昔的事。

詩可以歌，如唐人「旗亭畫壁」所涉及的絕句詩的競技故事，我們看出，「絲不如竹，竹不如肉」的狀況，在詩國裏，占了多麼重大的地位！然而詩終是詩，而歌早已隨了肉風化了。聲與音都早已無影無蹤了。如此說來，長吉「歌詩」不過是能夠付諸管弦的詩，即曾經歌唱過的詩，如此而已。而這正是唐人的新樂府了。

我們不能是囿於白香山那些故事詩，以為只此時新樂府，那就是「自畫」了。

注一：葉夢深《石林藝語》卷八記東坡語。轉引自錢鍾書《談藝錄》。

注二：這一點，筆者認為較諸玉谿之無題即愛情、詠史等等更為重要，值得研究。並不以詩名的。梁任公卻說過：「義山的〈錦瑟〉、〈碧娥〉、〈聖女祠〉等詩，講的是什麼事，我理會不著。拆開一句一句的叫我解釋，我連文義也解不出來！但我覺得他美！讀起來令我精神上得一種新鮮的愉快。須知，美是多方面的，美是會有神秘性的。我們若還承認美的價值，對此種文字便不容輕輕抹殺。」（見《中國韻文內所表現的情感》）

注三：如前所述，「祖《騷》宗謝」，何如「祖《騷》宗鮑」。我們不可能這樣隨意更動前人的心跡。但我們不妨有些私見。

注四：陶淵明詩，首先是詩人的詩，幾乎全部是神品。其次才是哲理詩。從天真到認真，不以「不失赤子之心」為滿足，淵明云：「無樂自歡愉」，此其中有多少蘊蓄、深刻的沉思！天真，至此才是最高的樸素。……長吉不宜於哲學詩人相提並論，就是「當巧而不用」的詩人，像孟浩然那樣的詩，長吉與之也是難以連類賞析的。筆者的私見，曾把長吉比作詩國裏的「紅孩兒」。「鬧海」的那個「紅孩兒」。不過，我知道他缺少一位師尊。

注五：邵祖平：〈唐詩通論〉，見《學衡》第十二期「述學」。

七、諷刺與同情

長吉〈猛虎行〉：

泰山之下，
婦人哭聲。

用《檀弓》而與〈苛政猛於虎〉寓言無涉。王琦注極精確：「長吉用此，不過言虎之傷人累累，與〈苛政〉絕不相干。而舊注多雲為譏猛政，而作者非是。」

長吉「無官一身輕」（指大官、高官言），他不受羈絆，既無美，又於刺之何有？若只說長吉就只是少不更事，那也太簡單了。然而，相反，雖少聽諷刺，卻不無同情，如〈老夫採玉歌〉，「採玉」當然是現實，韋蘇州〈採玉行〉：「官府征白丁，言采藍溪玉。絕嶺夜無人，深榛雨中宿。獨婦餉糧還，哀哀舍南哭。」評者謂「苦語，卻以簡出之。」蘇州詩，筆雅鍊，長吉凝重，同中有異，可取則一。唐人清醒，做詩絕不夢夢。他們這樣的詩人，同情心何在，是無庸多言的。

再如黃家洞，很難說不是在韓愈的影響下的詩作。但是，「賀故為謔，告黃洞蠻之語曰：爾試閒驅竹馬，緩緩歸家，官軍之來，自衛殺容卅槎，而不為爾也。情詞特妙。」（姚評語）長吉詩純係樂府神情。

方伏南評〈秦宮詞〉：

此詩，人推絕構，非也。長吉高處，往往有得之於無，而非人事之所有者。佛家所謂教外別傳，又所謂別峰相見者也。雖不及李杜大家而大家亦或不得而及之。此天也。『玉樓』之召雖幻，而作記者自只此人。杜牧之極贊『杜詩韓筆』，然滿腔人事，即近嗜欲，嗜欲深者天機淺，上清能不選此人耶？

此詩雖工，卻皆言人事之所可揣，語雖工，弗善也。若只以善寫人事為工，則杜公〈麗人行〉尚矣。此工不及。

方扶南的評論是站在已知的長吉特色著手的，末一語尤為公平。

無論諷刺或同情，在長吉都非至為關心者，他著意之人事，別有所在。〈楊生青石硯歌〉、〈聽穎師彈琴歌〉之類，所歌唱者全在於技藝。穎師蓋以琴幹長安諸公而求詩者，長吉作詩時正在病中；韓愈，時亦當右降左庶子，故皆未免有感而歌。昌黎〈聽穎師彈琴〉詩，詩中有云：「嗟予有兩耳，未省聽絲篁。自聞穎師彈，起坐在一旁；推手遽止之，濕衣淚滂滂。穎乎爾誠能，無以冰炭置我腸！」長吉〈聽穎師彈琴歌〉，詩中云：「涼館聞弦驚病客，藥囊暫別龍須席；請歌直請卿相歌，奉禮官卑復何益？」可以想像，穎師者不但善彈琴，還要「清歌」，似頗不俗；《唐詩品彙》謂：「二詩皆有氣骨」是也。唐人重技藝，同時，詩中亦寓感諷，只是不及珍重藝術那麼明顯罷了。但在長吉，無論諷刺或同情，詩才都不相近，也不相宜。長吉是有自覺的：「遙望齊州九點煙，一泓海水杯中瀉。」（〈夢天〉）「鉛華之水洗君骨，與君相對作真質。」（〈瑤華樂〉）

請看此種兒童眼界，神州夢游，現實如此神奇！情質實，而此中有真意——這是什麼呢，如果不是真詩？但，奇怪的是，在長吉的視覺的藝術園地裏，他乃總不免「我有迷魂招不得」之感！廣闊的天地，他看來甚微小；微妙的事物，他看來無窮壯麗；這些都寫來容易，容易得真彷彿「雲想衣裳花想容」那樣，可惜我們往往追隨不及。然而，長吉也許自知「眼大心雄」，卻極不善於正大而言之的不事雕琢；「圓老」之作，長吉與之距離是太遠了。詩人與時代、社會都不免遠了些。

雖不能說是絕無僅有，〈苦篁調嘯引〉是難得的一個例外：

請說軒轅在時事，
伶倫採竹二十四；
伶倫採之自崑邱，
軒轅詔遣中分作十二；
伶倫以之正音律，
軒轅以之調元氣。
當時黃帝上天時，
二十三管咸相隨；
唯留一管人間吹，
無德不能得此管，
此管沉埋虞舜祠。

王琦注中有一句話：「此章以見於史傳實有之事，而雜以虛無荒誕之詞，似近乎戲，而實有至理在焉。」可以想見，長吉以年少故，做詩近遊戲，正是長吉本色所在，由此亦可探索長吉的心靈，恐怕要他成長為一個正襟危坐之輩是不可想像的事。

這一首〈苦篁引〉在集中很難位置。黎二樵云：「似豐筵得嘉蔬，便可人意。若長吉全造此境，亦不過元、白也。」

二樵篤好長吉，話說得很有道理，因為元、白都以「新樂府」著稱，而長吉也有「新樂府」，而才與才不同，長吉本色殊不在此。元、白、溫、李分道揚鑣，前者明白，後者晦澀；長吉本質，均與之不類；〈苦篁引〉與長吉全人格亦不相符合。長吉詩極凝重，即得到充分發展，也得與「學人之詩」不能鎔接。

〈十二月樂詞〉其一云：

日腳淡光紅灑灑，
薄霜不銷桂枝下；
依稀和氣排冬嚴，
已就長日辭長夜。（十二月）

二樵眉批：「一語勝人千百。非苦吟何能臻此。」

二樵評語亦「有至理在焉」。千載知音，名不虛傳。

長吉的特殊性應該強調，但長吉雖號稱「鬼才」，他究竟是人，而非神；我們對他也應有諷刺與同情。長吉努力寫物候，體會極深刻，幾有真知灼見之慼！再者，不經人道語固然好，經人道語寫得恰到好處，就不好嗎？那應說是更加好的。不過，也不能因之就一筆勾消。「不經人道語」：如果我們無視於此，那就要算是缺乏勇氣，失掉了自由，缺乏愉快，勾銷熱情了！

「長吉有『桃花亂落如紅雨』之句，予觀劉禹錫云：『花枝滿空迷處所，搖動繁英墜紅雨』。劉、李同一時，決非相為剽竊。」（《復齋漫錄》，轉引自《詩人玉屑》。）

毛馳黃曰：「設色濃妙，而詞旨多寓篇外；刻於撰語，渾於用意。」此無疑是長吉「別出頭地」處。（注二）

還有一首諷刺或同情。李賀〈雁門太守行〉首句云：

黑雲壓城城欲摧，甲光向日金鱗開。

謂賀以詩卷謁韓退之，韓暑臥方倦，欲使閽人辭之。開其詩卷，首乃〈雁門太守行〉，讀而奇之！乃束帶出見。

宋王介甫：「此兒誤矣！方黑雲壓城時，豈有向日之甲光也！」或問：「此詩韓、王二公去取不同，誰是？」予曰：「宋老頭巾，不知詩。凡兵圍城，必有怪雲變氣。昔人賦〈鴻門〉，有『東龍白日西龍雨』之句，解此意矣。」

予在滇，值安鳳之變，居圍城中，見日暈兩重，黑雲如蛟在其側。始信賀之詩善狀物也。（《升菴外集》）

榆按，王安石挨罵是照例的「人云亦云」，我們毋庸「替古人擔憂」。荊公評詩語亦為不足信。趙宧光云：

賀詩妙在興，其次在韻遠。（〈彈雅〉）

方伏南云：

「此中曲細，為杜所不屑，亦杜所不能。李長吉之長，真能狀難狀之景如在目前。」（評〈石硯歌〉）

又云：

> 不著一字，盡得風流；使溫、李為，穠豔應十倍加。然為人羨，不能使人思。不如此畫無盡意也。從來豔體，亦當以此居第一流。（評〈梳美人頭歌〉）

這些評詩語，大抵是「相悅以解」的話，卻經得起考察。

姚經三評長吉諷刺詩：

> ……情不敢言，又不能無言，於是寓今比古，俞入俞曲，俞微俞顯，藏哀憤孤激於片辭短調之中，言之者無罪，聞之者不審所自來；後世以無理譏之，甘心而不悔，抑可悲矣。

論者因之以「詩史」歸長吉。實則，這裏仍不外是「無題」詩的誤解。無題詩有兩種，一、無題是人為的，一、是自然無題。什麼是人為的呢？偽無題也。陸游云：唐人詩中有曰「無題」者，率杯酒狎邪之語，以其不可指言，故謂之「無題」，非真無題也。近歲呂居仁、陳去非亦由「無題」者，乃與唐人不類，或真忘其題，或有所避。其實不深考耳。（《老學庵筆記》）有所避也是偽無題。

真無題即真詩，謂之自然無題。如玉谿生指出的，長吉之「未曾得題而後為詩」是也。十分有趣的是，「錦囊詩」又沒有一首是「無標題」的詩，而無一首題作「無題」的。若說自然無題亦即人為無題的基礎，是不會大錯的。但，「不能無言」實是罪案。「無言」正是苦吟詩人之能事，是他們夢寐以求的境界，雖然也未必就是上境。

「未曾得題而後為詩」決不是長吉缺乏組織才能，「足成之」之「足」，謂無所欠缺也。〈小傳〉交代得很清楚了。

為了證實我們過去不但有創造，對真詩也曾在理論和實驗上均可見某種程度的探索，這裏附帶引述一二，自然是以不事鋪張為度。（注四）

清初有「易堂九子」，是一群苦心孤詣，避世的文士，曾經說過這類造詣很高的話：

> 「詩必求工，便屬次義。有不求工者，但有聲情，更無文字，斯其至矣。」（彭躬菴云）

又：

> 「有創語，有常語，有含情語，有開口語；總是至語。此真躬菴所謂『有聲情』者。然並有文字也。」

梁公狄公云：

> 但又真精神，紆迴繚繞，不知何字句為工。（邱邦士云）

此評魏季子詩，屬於戲臺後面的喝彩。但，這裏的「並有文字」的意見是十分切實。——不過，必須與主張所謂「許鄭之學」分別來看。姚經三本凡例有一句非常有意思的話：「後人注之，不過詮句釋字，皆以昌谷詩作《說文》耳。至依文生解者，百亦得一。……客有謂余曰：『子雲之後，復有子雲』，予者奚敢當此。」詩人，尤其是「苦吟者」，做詩須會用語言文字，「詩須字字做」，又不得竊比我於文字學家。而又取真詩「無言」則做詩倒真有些像伯樂之相馬：得之於牝牡驪黃之外，始得之。方扶南評〈馬詩〉第三首云：

> 可為太息者，在『忽憶』二字，於無何有之鄉，想莫須有之事，姑以自慰也。

此外，亦可見長吉讀書方法。

真詩「無言」，「無」者猶之乎「獵智獵德，獵而去之」（注三）之「獵」。

今為善作「馬詩」的作者試作傳論，微意也不過是千里買骨的意思吧？

注一：以下引文均見〈寧都三魏全集〉。他們論詩語還有：「詩有不可言解，可意悟者。」又，「鍾煉到極處，愈煉愈樸。」之類，經驗與悟性，兼而有之。

注二：長吉名句：「桃花亂落如紅雨」，多事者比較同時代的劉夢得之句：「花枝滿空迷處所，搖動繁英墜紅雨」，以為並非「剽竊」。這個判斷是得體的。亂字朦朧，非長吉愛用字，偶一出現，大增豔麗，有似曇花。夢得詩「迷」字亦是妙手偶得之。

注三：黃山谷〈奉和文潛答無咎篇〉，原八首，任天社〈精華錄〉錄二首，曾滌生選本錄三首，均有第一首。句云：「安得八紘罝，以道獵眾智。」用楊子「獵德而得德」曾注本謂「蓋學道者惡眾智之為案，故欲獵而去之。」——按山谷詩旨近道家哲學。

注四：此處偶聯想到的，一、「先得之句」：「愛卿一日，春初見階砌初生之草，其屈如鉤，而顏色未變，得一句云：『草屈金鉤綠未回』，遂作〈早春〉一篇，旬日方足成，曰：「簾垂冰筋晴先滴，草屈金鉤綠未回」；其不逮先得之句遠甚。始知詩人一篇之中，率師先得一聯雲。或一句，其最警拔者，是也。……

補注：〈彈雅〉轉引自王琦《彙解》首卷。其下文曰：「若但舉其五色眩曜，是以兒童才藻目之，豈直無：補己乎。」

八、傳奇世界裏的傳奇人物

長吉早死，卻並未使世人早些把他忘卻，相反的，倒促使他成為一個傳說人物。——這就是見於玉谿生作〈小傳〉裏的「白玉樓」的神話世界。

長吉給予人物的印象是多麼不平常，多麼深刻，……似乎很多地方都是永遠說不完的。

隔了時間的霧，時間的雪，或是時間的花，或模糊，或玲瓏，任何歷史人物也會是傳說人物的，何況像長吉這樣一位像謎似的少年詩人？長吉的傳說性是典型的，是說長吉甚至是一個傳奇人物。

〈小傳〉的前半來源是來自「王氏姊」的口述，後半不是，那該是別的文士謅的，因之引起李商隱的興趣：這就是「白玉樓」的傳說。長吉之死成為傳奇人物之生的起點。這個看法，筆者疑是與「傳奇文學」有關的沈亞之有關。待到李商隱手中就放射出異彩來：

「嗚呼，天蒼蒼而高也，上果有帝耶？帝果有苑囿宮室觀閣之玩耶？苟信然，則天之高邈，帝之尊嚴，亦宜有人物文采愈此世者，何獨眷眷於長吉而使其不壽耶？噫！又豈世所謂才而奇者，不獨地上少耶？天上亦不多耶？」

連續發生之「天問」式的疑惑，悲哀使之幾似悼文。這是一個詩人「惺惺惜惺惺」，畸人對奇才的曲折的精細雕刻，較諸嚎啕，更為動人，更富有精緻。這是人間的很好的表示。

「時人亦多排擯毀斥之。又豈才而奇者，帝獨重之，而人反不重耶？又豈人見會勝帝耶？」

又是一連串疑問。惋惜之情又何其委婉而深刻！

然而，「白玉樓記」，那夢與死，將永遠是一篇未完成的詩了。只是有好事者填海移山，樂於成人之美，一篇〈白玉樓賦〉居然明明白白擺在我們面前（注一），令人想像「白玉樓」似乎可以比擬月宮，只是它不容我們登眺罷了。如果說它是月亮的影子，長吉的生命，便是月亮本身了。長吉比太白，似更神秘！

從純到狂，長吉的兩極精神令人感到無可奈何。其純，不至於入冰雪世界而得到「困亨」；其狂，不至於知天而不知人而喪其血肉之軀。我們，則是「士生百世之後，未為不幸」（杜牧云），並知道，求全有求全之毀，而我們，也未致蔽於中庸之道，岩牆之下！

長吉可能具有一種否拒性，使他趨向「苦吟者」。但是，他以早死，終未能成功為一個「枯思」的詩人，也還未到達和具備某種「道德領域」裏的某種道德勇氣（注二）。

*　　　*　　　*

長吉出生於沒落了的貴族之家，卻以「諱」未能走上一條通顯的途徑；通常，這樣是會令人趨於頹廢的——不幸，現在已出現過此種標籤。不過，他只活了二十七歲，我們只能從詩中窺測到他無意中遺留下來的一些痕跡，彷彿「管中窺豹」一般；例如我們說長吉的好色。

也許不致完全是不健康的，長吉詩中豔體詩色彩本來是來自古樂府，故許多歷史上著名的和不著名的女性令名及其豔聞都成為做詩的資料，出現於筆端。使我們除了樂府精神，還應該認可長吉詩中的「詞曲性」的泛濫，「豔科」說的是詞曲屬性，招引來的，是沒有法子賴掉的。我們沒有可靠的根據說清長吉是否已婚，傳說裏沒有說，詩中也未披露（注五），我們也難說那些言情的詩，是事實上的愛情詩；我們也沒有明顯的根據說長吉和哪些人鬼混過。總之，只有蛛絲馬跡可尋，如此而已。

奇怪極了，〈惱公〉詩中竟出現了「分娩」臨蓐的大事（注三），——說起來，長吉比玉谿生，似還要鑽牛犄角（注四）：

腸攢非東行，
眩急是張弓。

又，

古時填渤澥，
今日鑿崆峒。

方扶南以〈惱公〉為「豔詩」，恐只是從表面看。錢鍾書則謂曰：「奇而褻」了。

做詩至此，將使我們斷言：——長吉同「浪漫主義」，嚴格地說，實在是不相干的。相反，長吉凝滯時倒有點近似「自然主義」。

長吉未曾以詩為酒——像現代年輕人那樣，「以愛為酒。」（注六）

指為浪漫主義，除了說得便當，只能看作一手遮天而已。況且，就文學藝術的新大陸來說，浪漫主義已經是一片狹隘的園地，早已不能生長奇花異草了。

長吉早熟的夭亡，其聰慧的黃金礦尚未發掘罄盡。他與浪漫主義，無論其廣義或俠義都沒有瓜葛；特別是他的愛情心理，如果他曾經有過戀愛生活的話。李商隱有，也是我們猜謎語似的猜測到的。長吉的，便更須利用大膽原則，否則，我們就一點希望也沒有。

浪漫主義絕不晦澀。而愛情，這個問題，世無斯當達爾（他著有《戀愛論》，有中譯本。），我們只能試論之，像長吉其他任何問題一樣。

有一首詩與〈美人梳頭歌〉同樣又是佳作，又是代表作。茲錄如下：

大堤西

妾家住橫塘，
紅紗滿桂香；
青雲教綰頭上髻，
明月與作耳邊璫。

蓮風起，江畔春；
大堤上，留北人；
郎食鯉魚尾，
妾食猩猩唇。

莫指襄陽道，
綠浦歸帆少。
今日菖蒲花，
明朝楓樹老。

這首詩是不是一首愛情詩呢？

〈大堤西〉是六朝古曲，據說是起於簡文帝，〈雍州十曲〉之一，詩中提及襄陽，可知是產生於南朝。東晉南朝嘗僑置雍州於湖北襄陽。宋，隨王誕〈襄陽曲〉云：「朝發襄陽來，暮至大堤宿；大堤諸女兒，花豔驚郎目。」大堤，在襄陽府城外。此處指橫塘也在襄陽。兩者仍是兩處，故有「莫指襄陽道，綠浦歸帆少」之句。（舊注引〈吳都賦〉「橫塘查下，邑屋隆誇」，只可參考。）在不可須臾離者，固亦不妨「今日明朝」之慨歎也。

黎二樵評「鯉尾猩唇」一聯眉批曰：「真樂府音節」！接下來又說：「媚之也」。可謂說詩解頤。「猩猩之善媚，未知何似；讀此詩與評，皆有醇酒味，酒氣沸沸，欲頌酒德矣！」黎氏進一步云：「鯉魚以下，只是留之久意，故種種媚之，勸之，警之。——結二句言景物之速，當及時行樂，故曰警之。」

他人評之，以為「足以喻綢繆，」也並不錯。不過，謂「肉之美者」，引《呂氏春秋》；「猩猩能言笑」，引孫卿；「歸終知來，猩猩知往，」引《淮南子》；則不外書生之見，去詩何止十萬八千里。

二樵評語，不蔓不枝，恰到好處。而像如此生動活潑可愛的詩，當然是由樂府而來；故具備生活氣息，似有泥土氣味。這首〈大堤西〉當然是古戀歌。至於長吉是否在寫自己，那是只有天知道了。

〈帝子歌〉結穴處云：「沙浦走魚白石郎，閒取珍珠擲龍堂」，方扶南以為「褻狎」，「似為公主之為女道士者。」大抵古詩皆如斯作。

以隋為界，古詩的特色是生活氣息較為濃厚；自唐以來詩純以情緒為主；唐人自製樂府也有二種，長吉神似古樂府，而與元、白「新樂府」有別；至其青春的閃光，雖說「春氣甚少」（邵祖平），然自有其閃光，或者與一顆彗星是一模活脫吧？

〈詠懷〉姚注曰：「賀少年早夭，亦必固色致疾，故引相如以自慰而作〈詠懷〉也。〈後園鑿井歌〉而及奉倩，益可想見。」按，裴松之《三國志》注：「荀粲字奉倩，曹洪女，有美色。粲於是聘焉。……歷年後，婦病亡。傅嘏往唁粲；粲不病而神傷。嘏問曰：『婦人才色並茂為難；子之娶也，遺才而好色，此自易遇，今何哀之甚？』粲曰：『佳人難再得！顧傾逝女不能有傾城之色，然未可謂之「易遇」。痛悼不能已，歲餘亦亡。』」又，姚注：「荀粲妻曹氏冬日病熱，粲遂取冷身以熨之。曰：『德不足稱，婦貴在色耳。』後亦病死。」於長吉之好色，此詩是內證，詩中所用事是旁證，是證長吉未免醇酒婦女之癖。然以為酒色清靜無邪，至於〈將進酒〉、〈美人梳頭歌〉的地步，士生後世，讓我們又怎樣責怪少年詩人呢？欲草其傳論，幾步可能。李綱〈讀長吉詩〉：

長吉工樂府，
字字皆雕鎪。
騎驢適野外，
五臟應為愁。
得句乃足成，
還有理致不？
嘔心古錦囊，
絕筆白玉樓！
遺篇止如此，
歎息空搔頭。

此首五古，恰到好處。「適野外」似為小杜之翻案，而「還有理致不？」問得絕妙！似責怪，又似翻案。等於問一個「酒狂」者：「還有酒德不？」一般，都可以說「此中有真意」了。

〈將進酒〉、〈美人梳頭歌〉，兩詩銜接，都在四卷，同等完美。讀之，令人深感技藝為二事，技可增長，也可蛻化；藝為詩質，生死以之，無所變易。欲為長吉畫像，難於著墨了。（注六）

還有點閒文，附在卷末，算是餘波吧。

昌谷多竹，多而至於成「藪」：

竹藪添墮簡。

竹有經濟價值，筆者曾經懷疑過，長吉不事生產，他家也許靠種竹樹為活，也未可知。可惜證據不足。

〈昌谷北園新筍〉四首

其一

籜落長竿削玉開，君看母筍是龍材；

更容一夜抽千尺，別卻池園數寸泥。

其二

斫取青光寫楚辭，膩香春粉黑離離；

無情有恨何人見，露壓煙啼千萬枝。

其三

家泉石眼兩三莖，曉看陰根紫脈生。

今年水曲春沙上，笛管新篁拔玉青。

其四

古竹老梢惹碧雲，茂陵歸臥歎清貧。

風吹千畝迎雨嘯，鳥重一枝入酒樽。

榆按，「斫取青光寫楚辭」，「楚辭」自謂所作，非指屈宋之辭。

卷一有〈竹〉：「三梁曾入用，一節奉王孫」；王孫自謂（〈新筍一〉），長吉自負為龍種；〈金銅仙人辭漢歌〉，序中亦稱「唐諸王孫李長吉」。長吉很以家世為榮。奇妙的是，憑藉了竹作文章，是巧合呢，還是有意識？

實際上，長吉愛竹，是一；他家的竹可愛，蓋甚茂密故。〈南園〉：「舍南有竹堪書字」，與〈新筍〉詩互證，長吉喜於竹上書寫；題詩或有所注記；謂貧病家居，性近此君，實際使然，也是明顯的。

又長吉自比相如，集中屢見，亦與王孫有關，屬意文君，也是屬意相如，「風吹千畝」的「千畝」，用《史記・貨殖》：「渭川千畝竹」，意謂與千戶侯等耳。

這麼些竹樹自然不是田野間物，其「南園」「北園」亦皆非「看竹何須向主人」的詩料；然則，非其家所事生產而何？

長吉或有意於書法。〈聽穎師彈琴歌〉：

誰看浸發題春竹

春竹，謂紙。《宣和書譜》：張旭喜酒，叫呼狂走方落筆。一日酒醉，以發濡墨作大字，既醒視之，自以為神，不可復得。按，長吉苦吟，能疾書；疾書或指近似狂草之手筆。字指書法，不在吟詠。又，假如「王氏姊」嫁娶關係即「與遊者」之王參元。那就雖不中不遠了，《書史會要‧工於翰墨類》中有王參元。然則，長吉好學，或亦愛好書法，這是極可能的。參元謂「家有積財」（柳州〈賀王參元失火書〉），久而不售。（馮浩）與長吉聲氣略同。他們都是「大時代的小人物」。較之高唱「春風得意馬蹄疾，一日看遍長安花」的孟東野，長吉似乎更小！

注一：〈白玉樓賦〉，見宋劉昌詩〈蘆浦筆記〉，不具錄。

注二：詳見法國現代已故詩人P.瓦勒里：〈關於馬拉美的信〉。茲節錄數語如下：

「馬拉美沒有科學知識與意向，冒險去做與數序的藝人之企圖相比擬的企圖；他驚人的在孤獨的努力中，……一似所求或整理思想的人遠避人群，當其遠避紊亂與淺薄的時候，——這都證明他精神的大膽與深刻，——還不提他盡其一生和命運與譏諷挑戰的異常勇敢，其實他只要稍微鬆懈其道德與意志，而立刻顯出他的身份，——即是當代第一個詩人。」（譯文見《法文研究》沈寶基譯。）

注三：腸排，古時兩聯詩，姚注以為山長水遠，藉精衛、愚公自嘲，非是。

注四：放翁詩：「海棠紅杏欲無色，蛱蝶黃鸝俱有情」，用玉谿語。

玉谿生詩：「花須柳眼各無賴，紫蝶黃蜂恰有情」，言言情名句，放翁忠厚老誠，故言情不著邊際。

注五：黎二樵云：「春線」句言勞心牽掛。「下國饑兒夢中見」，正牽心處也。昌谷詩數言其夫婦之情。如「卿卿忍相問」，及「長卿懷茂陵」之句，皆是。至此又言夢其兒。則長吉亦有妻子矣。後來杜牧之序云：「無家室，子弟得以給養存問，則亦相繼淪亡殆盡矣。詞人之厄窮，往往可泣。」（〈勉愛行送小季之廬山〉詩眉批）王琦本：餞兒，餞民也，一或謂指其弟言。非是。

榆按：夢境顛倒，二樵評語亦情理中事。錄之以為參考。

注六：方扶南評〈南園〉詩：「有隱居就閒意」，不及二樵：「懷人獨處」更合乎身份。二樵較穩健也。

補注：白玉樓。宋大觀四年庚寅（1110）臘後二日，宋徽宗在宣和殿還，以之入畫，並作跋。多病的詩人范石湖云：「意趣超絕，形容高妙，必夢遊帝所者彷彿得之，非世間俗吏意匠可到」。石湖並倚陳簡齋法駕導引，作〈步虛詞〉，句云：「玉樓十二倚晴空，一片寶光中。雪色寶階千萬丈，人間遙作白虹看。九素煙中寒一色，扶闌四面是青冥。」

後記

年輕的時候，我讀到過一本《李長吉評傳》，王禮錫著。神州國光社出版。這是一本小書，是早期試用唯物史觀寫的一本詩人評傳；它大概要算最早，也許是唯一的一本研究李賀的著作。回想起來，令人懷念。

我讀長吉專集時卻較晚，大約是一九四〇年秋以後我已任教時事。我還記得，一日午後，琉璃廠書商送來兩部書，一是陽子烈所編十卷本《陶淵明集》，係■[2]德縮刻本初印者。一即《李長吉集》，清末番禺葉衍蘭寫刻本，黃淘菴、黎二樵評點，三色套印，墨光湛黑，紙作玉色，字作趙松雪體，秀媚絕倫，封面作綠蠟狀，雅麗不忍觸摸，堪稱版本中的雋品，一部十分可愛的中國書。這兩部詩集，都保留至今，在我真珍視為珠玉了。至於王禮錫的那本評傳，卻早已遺失，只留下一幀龐眉書客的畫像而已。

還有一點可懷念的：「五四」初期詩人劉延陵嘗以為讀長吉詩如讀外國詩。——此一說不見得是褒，也不見得是貶，說不定即所謂第一印象吧？或即指其晦澀難懂而已。約半個世紀過去了，光陰流逝，而事物依舊，像一塊頑石，座落在窗前；去年冬日我卻偶然讀到一位外國詩人讚美中國詩，並提及李賀；認為他「狂」！它使我重複想到劉延陵的話，我怕也許是不無所見，惜論焉不詳，無從追逸了。

[2] 此處原稿不清。

總之，李賀的命運並不算太好。

特別令人感到不快的是，一部較具權威的文學史，其全書從頭到尾，連李賀的名字都沒有！只在書後一個「附錄」裏提及一句話，占原書一行另一個字，共計三十九個字。最後加了一句結語，是這樣的：「這些情況是不同的」。——所謂「這些」指包括元、白的「嚴肅認真」，孟郊的「詩囚」，賈島的「推敲」等。對李賀，大抵是雖不抹殺，只承認某些價值，卻並無其任何地位。我拜讀之，至今深感納悶！

長吉似乎也很不寂寞。

一、北宋有個和尚叫做長吉，林和靖有〈宋長吉上人〉，有句云：「囊集暮雲篇，行行肯廢禪」。這個「囊」字能不令人嗅到「錦囊」的暗香。

二、明有黃嘉惠，字長吉，曾編選《蘇黃題跋》。

三、毛澤東主席〈給陳毅同志的一封信〉中說：「李賀詩很值得一讀」。這句孤零零的話，我讀之猜想，也許是一句答問吧？可惜今已無可考證了。其用意何在呢？我因之重理少年時讀物，試論長吉，乃有「讀書只存影子」之感。

四、現代已故詩人戴望舒早期詩有「舊錦囊」之輯（見〈我底記憶〉），則明顯地愛及長吉了。

五、至於說《紅樓夢》作者詩風類似長吉，也許是愛屋及烏了吧？

六、如魯迅先生所說愛讀安德列葉夫，也愛讀李長吉，那倒真的是值得連續書之，值得「比較」的。凡此，足以證明長吉雖號稱「鬼才」，迄今並未從人間消失，依舊在地球上在轉。

因了上述這些瑣綴，我草此《長吉評傳》，既是感舊，也是懷新（注一）。特別是政治家兼詩人所贈予給我的暗示，雖僅於暗示，我於暗中摸索，也一似有著引導，摸索之餘，也曾經想，這位反邏輯，反理性的少年詩家，究竟何以如此被推崇；那是完全可以「不必」（注二）追尋的。那總歸有些道理。於是我不避嚴寒，重翻舊籍，果出新意；而且並不完全囿於反邏輯，反理性；反之，長吉詩的特點，如上述，是顯著的。

附帶的說，我還獲得一個新的啟示：詩並非「少年行」。——談李賀而至此，堪稱意外的收穫了。固疾書而清繕之。

一九八一年七月於北京

注一：從純到狂，長吉具有兩極思想的人物。這裏的「感舊」與「懷新」，也正是受這兩極思想的暗示而又所思者。《書》：「若作和羹，惟爾鹽梅」，故最初擬定的一個書題：「紅蜻蜓的頭」，原是要寫一本傳記的，但後來力不從心，改作傳論，書題也改作「鬼才小識」。或以為「粲然有心理」，話是不錯的，然而，新不宜嶄，故仍採取中庸法，作「一名《協律發凡》」。

注二：「不必」見《莊子》：「朱評漫學屠龍」一段，茲不贅錄。

李賀評傳後序

陶淵明〈九日閒居〉：「往燕無遺影，來雁有餘聲」，讀之，啟發我想到自己，無論如何，我也要遺留下點什麼，雖未能及雁聲那麼美妙，也沒有什麼，總之，留一點事物吧。否則，讀書、生存始終無非自私太甚了！

丙丁間，我曾經同意毀棄了三十來年所積累的資料，特別是關於古代文明史的，恐怕堪稱「粒粒皆辛苦」地得來的，完全毀棄了。今剩餘者，劫灰而已。死灰復燃，有幾星星呢？追佚也難以拼湊了。沒有花兒，只剩下無可奈何了。

這裏還殘存的是：一、校訂本《韋蘇州集》、《梅花草堂筆談選錄》（名未定，全係關於疾病的。）《苦吟詩人李賀》，這後者，我想到叫它去見見世面，那是無可無不可的。今全稿已清繕，現在還有寫幾句多餘的話，錄如下：

張炎在《詞源》裏寫道：「吳夢窗詞如七寶樓臺，眩人眼目，拆碎下來，不成片段。」這個說法，恐原出諸偶然談笑間，流傳下來，卻很有名。實際上籠罩了許多評論家和尋常讀者。清陳亦峰云：「此論亦予所未解。竊謂『七寶樓臺拆碎不成片段』，以詩而論，如太白『牛渚西江夜』一篇，卻合此境。詞惟東坡〈水調歌頭〉近之。……」又如馮夢華云：「《提要》云：『天份不及周邦彥，而研鍊之功則過之。詞家之有文英，如詩家之有李商隱』。予則謂商隱學老杜，亦如文英之學清真也。『於此可下一轉語，也可見張叔夏的說法是沒頭沒腦的，極少準確性，絕不可從信言。

我的私見是，「七寶樓臺」幾可替換「白玉樓」，若移贈李賀，似更覺相宜。不過，我應趕緊補足一句：我還要問問：何以要拆碎下來呢？

明張宗子〈雷峰西照〉詩：「殘塔臨湖岸，頹然一醉翁。奇情在瓦礫，何必藉人工」。雷峰塔是西湖十景，成為「殘塔」是有意思的事。而像「七寶樓臺」與「白玉樓」，便都與殘象的雅致毫無相通之處了！它們是夢，其「奇情」便不會是現在「瓦礫」上面。

「七寶樓臺」是建築成功的。如果你認為建築材料本身不如，要不得，建築來源並不限於材料，而且這是另一回事；怎麼能夠魯莽滅裂的對待呢？鄙意，整個的自然界，包括人類的一切，乃是「七寶樓臺」，而李賀作詩，則正是先已來拆碎它，然後再建築詩的。

謂予不信，請試讀「白騎少年」的詩。

一九八三年，六月三日，朱青榆

於北京櫟西精舍。

附記：我多餘的寫此後序，其實也有點私心。《長吉評傳》不準備在國內發表，假如國外有機會，《評傳》又似乎分量輕些，拿不出手去。我想另寫《夢窗評傳》，二種結伴，或將可以涯上送別吧？然而作〈知老〉詩後，漸近「焚筆硯」了，心有所感，姑錄於此，這就是心理上的自慰，如此而已。一九八三年七月五日，癸亥小暑前二日，皂白老人，於北京無春齋。

笑與「不笑」

——一位罕見的幽默詩人

（誠齋評傳）

朱青榆
一九八三年，癸亥之秋
於北京櫟西精舍

目次

小引

約五年前，我草《長吉評傳》，只用了十天的工夫，今年（一九八三年）草《誠齋評傳》，卻用了十三天的時間。豈真喜不及悲耶？是的，但也不儘然。誠齋的笑，我以為是「逌爾而笑」（注一）。假如探索「變化氣質」的理學家如果連寬舒心理都不具備，那恐怕乃是不可想像的了。然而難道輾然者，果真見了鬼了嗎？（注二）我想那也許是不大會成為疑問的。誠齋最後深感幽憤而死，然則他倒也不是「絕倒」（注三）「哄堂」（注四）之徒。自然，他不曾經歷過陳摶的墜驢的「大笑」（注五）。——誠齋即使是大笑，也是「局局」（注六）然而笑吧？

倒如《老學庵筆記》，放翁云：「楊廷秀在高安，有小序云：『近紅暮看失燕支，遠白宵明雪色奇。花不見桃惟見李，一生不曉退之詩。』予語之曰：『此意古已道，但不如公之詳耳。』廷秀愕然，問古人誰曾道？予曰：『荊公所謂「積李兮縞夜，崇桃兮炫晝」是也。』廷秀大喜曰：『便當增入小序中。』」這大喜豈非「局局」的笑。誠齋的態度也使我們感到欣羨，這可以使一種諸葛亮「我尚不能忍者」式的笑吧？（注七）

據說誠齋甚愛梅花，這倒不足為奇。我根據「陶詩甘，杜詩苦」的見地，想到有所謂菊花有種名「笑靨金」（見藥譜）者，似乎倒合乎誠齋及其詩的品格。——自然，此當非「第一印象」。我以為「第一印象」常時會造成誤失，本非所取也。

朱青榆　一九八三、八、卅於北京櫟西精舍（注八）

注一：「逌爾而笑」，逌，古攸字，笑貌，寬舒之貌，見班固〈答賓戲〉。

注二：「齊桓公田於澤，見鬼焉。病數日，不出。有皇子告敖者曰：『臣聞有委蛇惡聞雷車聲，而棒首而立。見者殆乎！』霸公輾然笑曰：『此寡人所見者也！』」（見《莊子》）。

注三：「衛玠談道，平子絕倒。倒，大笑也。」（見《世說》）

注四：「每公堂會食，皆絕笑言，若有不可忍者，雜端大笑，而三院皆笑，謂之哄堂，則不罰。」（《御史分紀》）

注五：「陳摶聞宋太宗登極，大笑，墜驢，曰：」天下定矣。」

注六：「季徹，局局然笑。」（《莊子》）

注七：譙周字亢南，帽素樸。初見諸葛亮，左右皆笑。既出，有司請推笑者。亮曰：「我尚不能忍，況左右乎？」（《蜀記》）

注八：八月十九日曾以故中止，廿二日復

序

我讀《誠齋集》甚晚，乙未（1955）秋冬之際，病中偶出散步，見《誠齋集》殘本，有文無詩，而歸來讀《心學論》，殊特精妙可喜。翌年丙辛清明後二日午後赴隆福寺，乃得其全。百卅三卷，劉煒叔序記為卅二卷，末一卷蓋曆官告詞也。同年，暮春中浣重至隆福寺復得一種。前者：上海涵芬樓借「江陰繆氏藝風堂藏景宋寫本」景印；後者：題曰縮印日本鈔宋本：實則一本也。（一九五六、四、廿九，舊曆三月十九日，記於千種意齋。）

庚子（1960）仲春在北京圖書館查閱，諸本錄如下：

一、1712年楊文節公全集四種；1795年清乾隆六十年，及1876年清光緒二年吉水楊氏刻本；吉水湴塘藏板，卅三冊，有像。

二、善本：11539宋淳熙紹熙間追刻本廿二冊。12196明末毛氏汲古閣鈔本廿八冊（顧廔士校並題跋；同上，翁同龢跋二冊）。3712清初鈔本十二冊。8479清鈔本廿四冊。10324清鈔本四十八冊。4188批點分類，誠齋先生文膾前集十二卷，後集十二卷，李誠父輯，元刻本，六冊。9068同上，明刻本，八冊（蔡瑛捐贈）。

經丙丁之亂，無意親筆硯久矣。約五年前始草得《協律發凡》（《長吉評傳》，一名《苦吟詩人李賀》）。今年（1983年）小暑前三日，始草後序。其次是一部書抄，即《聞雁抄》，只待著手清繕了。

癸亥七夕前一夕，重閱誠齋九集，始草《笑與「不笑」》（《誠齋評傳》）。上距我始讀誠齋時，光陰已流逝過去近三十年。不能無感於日月催人速死也！今在病中，而俄羅斯古諺云「病有病福」，實則非「死前閒」耶？

去年春，傳彩遠赴南京故鄉，繞道蘇杭，而歸。告我以臨太湖，令人心曠神怡。傳彩行前，我說我是夢遊派，不但西湖要夢尋，自沙漠化的呼聲起，似乎連北京卻要夢尋了！人謂予大有昭君氣（我們說的自然是古往的昭君）！因為，重執剪拂，著手寫此本過半，因題數語於卷首：

讀《朝天集》詠含笑花及〈夢笑〉、〈西湖六月〉等絕句有感

皮毛落盡笑來時，覓覓尋尋夢見之。（注）
《蟋蟀經》成秋蟄樂，西湖雖好莫吟詩。

注：「不笑，不足以為誠齋之詩。」見〈宋詩抄〉。

朱青榆

一九八三年八月，癸亥處暑後一日

皀白老人，於北京櫟西精舍

一、誠齋為何許人

楊誠齋在中國詩史上，算是「名家」，不是「大家」。故其聲名有好有壞，並不足奇。然而，相反的，有的人小視誠齋，則明顯的是不公允了。例如清末的王壬秋，主張「先辨朝代，後論家數」，這是可以的；但，他又說：「近人鹵莽，謬許明七子為優孟，以楊誠齋陸務觀配蘇黃；不知七子之全不能《文選》，楊陸之未足成家數也」。就未免過於武斷，足以令人不齒了！

因之，遠在一九五六年，我最初有志於寫《誠齋評傳》，就特別用了一個「一名『中國少有的幽默詩人』」。事情過了約三十年，我的心意發生了某種變化，以為這個「一名」有些刺激性，不復採用，並無損失。

我是怎樣改變的呢？

說來話長，誠齋在永州時得遇張浚，浚勉以「正心誠意」之學，誠齋不但以之為師，而且終身師事張浚，可謂難能可貴。《誠齋易傳》，還給我們以旁證，證明這位理學園地裏的詩人，以史解經，並具學人的品格；這些，自然不是「幽默」一義所能表達的了。我以為還不如就只樸實地用《誠齋評傳》，反而較為妥帖些。

特別有意趣的是，高才如放翁，每在詩中表示他的理識。誠齋卻並不，而在行為上，不但他個人，連帶他的家人，也都是有道德、有品格的高尚的有識之士。在這一點上，放翁乃是不足道的。

附帶地說：放翁於心性之學只取「一字銘」曰「恕」；這且不言。據說放翁子貪酷、殺民、燒屋等，都有事實，見諸記載（《吹劍錄外集》）。今人每喜就放翁「釵頭鳳」之豔聞，錦上添花，妄擬扮放翁為仁人志士，且為唐婉所激勵云云；不知放翁有歉於唐婉者，其罪殆不可恕，故書欲反「釵頭鳳」一案，惜無此種閒逸，只賦一絕以了之。茲錄於下：

> 此身合似嵇山頹，湖上笛吹知是誰！
> 無那儒冠誤詩客，東南孔雀未能飛！

按，放翁非廬江小吏，而既不能令，又不受命，藏藏躲躲，又不可長；待悲劇發生，詩人愧對於情義者何可勝言！莊子云：「嘉孺子而哀婦人」，尤難言矣。此種歷史悲慘，塗脂抹粉飾不但無益，甚且有害的！

誠齋則絕無璧玷。

我們且看號稱「集大成」的理學家朱熹的態度：

> 程弟轉示所惠書教，如奉談笑，仰見放懷事外，不以塵垢秕糠累其胸次之超然者，三復歎羡，不得已已。……眠食之間，以時自重。更能不以樂天知命之樂而忘與人同憂之憂，毋過於優遊，毋決於遁思：則區區者，猶有望於斯世也。（〈朱文正公文集〉卷三十八：〈答楊廷秀〉。）

讓我們來更具體地看看他們之間的文化關係。誠齋〈戲跋朱元晦《楚辭解》〉：

> 注易箋詩解魯論，一帆徑度浴沂天；無端又被湘累喚，

去看西川競渡船。

霜後藜枯無可羨，饑吟長聽候蟲聲；藏神上訴天應泣，又賜江蘺與杜蘅。（卷三十九）

朱熹〈戲答楊廷秀問訊《離騷》之句〉二首：

昔誦離騷夜扣船，江湖滿地水浮天；
只今擁鼻寒窗底，爛卻沙頭月一船。

春到寒汀百草生，馬蹄香動楚江聲；
不甘強借三峰面，且未靈均作杜蘅。（文集卷九）

他們如此富有情趣地讀書，生活也是典型的士人最愉快的讀書生活了。我們看不出絲毫的「道學」氣味。這是值得注意的事。讀書如深入，也很容易發現，並不難明瞭。

但，他們也有真正的單純的戲謔：

晦庵與誠齋吟詠甚多，然頗好戲謔。劉約之丞廬陵，過誠齋，語及晦翁足疾；誠齋贈約之詩云云。晦庵後視詩笑曰：我疾猶在足，誠齋疾在口耳。（《玉屑》一九）

如上所述，我改變主意，但須聲明：我對「理學」特別是對愛護文學，並以詩稱的朱晦庵並不是看得那岸然道貌的「道學家」，而是實事求是的想到：理學與詩也並不是隔著一堵牆（注一）的。故願神經衰弱的朋友不要害怕，我並無意於傳道。——從它所具有的違

害的一面來說，是應該這樣表示的。（注三）

事實是這樣的：《鶴林玉露》：

> 楊誠齋立朝，計料自京還家之費，貯以一篋，鑰而置之臥所。戒家人不許市一物，恐累歸擔。曰：若促裝者。

《餘冬序錄》：

> 韓侂冑當國，欲網羅四方知名士。嘗築南園，屬楊誠齋為之記，許以掖垣。誠齋曰：『官可棄，記不可作』。韓恚，改命他人。楊臥家十五年，皆韓柄國日也。

這裏指的「改命他人」，他人即放翁，「南園記」遂成為一個小事件。

誠齋的「夫人羅氏，年七十餘，每寒月黎明即起詣廚，作粥一釜，遍奴婢。然後，使之服役。其子東山啟曰：『天寒何自苦如是？』夫人曰：『奴婢亦人子也。清晨寒冷，使其腹略有火氣，乃堪服役耳』。東山曰：『夫人老，且賤事，何倒而逆施乎？』夫人怒曰：『我自樂此，不知寒也！汝為此言，必不能如吾矣。』」

「東山守吳，夫人嘗於郡圃種苧以為衣。時年八十餘矣。」（《鶴林玉露》）誠齋夫人就是如此愛勞力富有同情的老人。

誠齋之子，楊長孺，字伯子，人稱東山先生。「守霅時，秀邸橫一州。一日，秀王柚招府公張樂開宴，水陸畢陳，帷幕數重，列燭如晝。酒半少休，已而復坐，乃知逾兩夕矣。歸即自劾云：『赴秀王華宴，荒酒凡兩日，願罰俸三月，以懲不恪。』自是，秀邸不敢復招。」

「一日府促解爬松釵人。公判云：『松毛本是山中草，小人得之以為寶；嗣王促得太吃倒。楊秀才放得卻又好。』」凡此，素愈瑣輟，令人愈信得過，絕非由任何人造謠而來，故均可取。

請看，這就是誠齋一家人。他們的思想感情，乃至「氣質」，都傾向於人民，而與官方又分歧。這不但在封建時代裏，即在於今日，也應該說是難能可貴的。

張浚對誠齋說過這樣話：「元符中貴人腰金紆紫者何限？惟鄒志完、陳瑩中姓名與日月爭光！」誠齋聞之，「終身歷清直之操。」我們不要忘記張浚是不主屈辱求和的名相。

宋孝宗嘗曰：「楊萬里有性氣。」高宗嘗曰：「楊萬里直不中律。」故誠齋自贊曰：「禹曰也有性氣，舜也直不中律；自有二聖玉音，不煩千秋史筆。」假如這傳說屬實的話，此種機智幾於可比太極拳了！

最後，讓我們看誠齋是如何對待他的上司即大官僚的。

「虞允文初除樞密使，偶至陳丞相應求閣子內，見楊誠齋〈千慮策〉，讀一遍曰：『東南乃有此人物！某初除，合薦二人，當以此人為首。』應求導誠齋先，雍公一見握手如舊。誠齋曰：『相公且子細，秀才口頭言語豈可深信！』雍公大笑。卒援之登朝。」（《鶴林玉露》）誠齋的答辯簡直是談笑風生了！（注二）

注一：為了免除偏重「理學」起見，這裏再記一個普通人的事蹟，也是關於戲謔的：

「梁溪尤延之，博洽工文，與楊誠齋為金石交。淳熙間，誠齋為秘書監，延之為太常卿。又同為晉宮寮采，無日不相從。二公皆喜謔，延之嘗曰：『有一經句，請秘監對，曰：「楊氏為我。」誠齋應曰：「尤物移人。」眾皆歎其敏確。

「誠齋呼延之為蝤蛑，延之呼誠齋為羊。一日食羊白腸，延之曰：『秘監錦繡腸，亦為人食乎！』誠齋笑吟曰：『有腸可食何須恨，猶勝無腸可食人；』蓋蝤蛑無腸，一座大笑。

「厥後閒居，書問往來，延之則曰：『羔兒無恙？』誠齋則曰：『彭越安在？』誠齋寄語云：『文戈卻日玉無價，寶氣蟠胸金欲流。』亦以蝤蛑戲之也。

「延之先卒，誠齋祭文云：『齊歌楚些，萬象為挫。瓌瑋譎詭，我唱公和。放浪諧謔，尚及方朔。巧發捷出，公嘲我酢。』」——按，誠齋是一個品格高尚的詩人，而並非東方朔一流人物。

注二：「楊誠齋初欲習宏詞科，南軒曰：『此何足習，盍相與趨聖門德行科乎？』誠齋大悟，不復習，作〈千慮策〉，論詞科可罷，曰：『孟獻子有友五人，孟子已忘其三。周室去班爵之籍，孟子已不能道其詳，孟子亦安能中今之詞科哉！』」寫〈千慮策〉的動機如此。其他著述，如《心學論》、《庸言》等，大抵皆非空言，而寓有豐富的情思，因之誠齋本來是詩人。

注三：「晦庵朱子於人多所譏評，少所推許，而於文節公，揚其美。贊其詩章，書翰倡和往來，敬禮而兄事之，尊之可謂至矣，唯獨不滿其名齋之義。」（元．《吳澄文集》節錄。）

二、傳統與創新

誠齋有《誠齋易傳》專門著述，宜於特別探討。此外尚有《心學論》，集中包括〈六經論〉與〈聖徒論〉，份量也並不小。這些是誠齋接受傳統的明證。不過誠齋讀書和他做詩一樣，非常靈活，他做詩講「活法」，似乎讀詩也同樣講活法；誠齋之接受傳統迥不猶人，他絕不陳陳因因的照貓畫虎，而是獨出心裁地解釋傳統的經典著作和對古人的看法。他在這方面給人們一種示範作用。這樣使我們對誠齋深感又欽敬又親切！這即是誠齋令人可愛敬之處。另一方面，傳統經典著作也並不是青面獠牙那麼可怕，並不像五毒那麼有害；它們在我們面前妥帖地放著、展示著，也並不是一座岩牆。——凡此，在我，都是從誠齋集中摸索而得來的，它們都像古董一樣具有實用價值。

例如《誠齋易傳》，我讀之，自覺很有些彷彿當年孔子「晚讀易而喜」的光景，此種喜悅又非嶺上白雲「只可自怡悅」的事物。因之，我雖耽擱了近三十年，我對誠齋其人，不止於是「老人讀書如影子」，而正如一位散文大師所唱的那樣，「平蕪盡處是春山，行人更在春山外，」我於誠齋幾於要「望塵莫及」了！（注一）知道得是清楚的。

《誠齋易傳》二十卷，《四庫全書提要》指出：「是書大旨本程氏，而多引史傳以證之。……謂之〈程楊易傳〉。」又：「新安陳櫟極非之，以為足以聳文士之觀瞻，而不足以服窮經士之心。吳澄作〈跋〉，亦有微詞。」又謂：「然聖人作《易》，本以吉凶悔吝示人事之所從，……舍人事而談天道，正後儒說《易》之病，未可以引史證經病萬里也。」這是一個非常客觀、非常公允的判斷。大約出於紀曉嵐的手筆吧？

「窮經」之士不服是可能的。然而《誠齋易傳》卻能使大政治家深深服膺。張叔大答胡劍西太史云：

> 《易》所謂困亨者，非以困能亨人。蓋處困因而不失其宜，乃可亨耳。弟喜楊誠齋〈易傳〉，座中置一帙，常玩之。
>
> 竊以為六經所載，無非格言；至聖人涉世妙用，全在此書。自起居言動之微、至經綸天下之大，無一事不有微權妙用，無一事不可至命窮神，乃其妙，即白首不能殫也，即聖人不能盡也。誠得一二，亦可以超世拔俗矣。
>
> 兄固深於《易》者，暇時更取一觀之，脫去訓詁之習，獨取昭曠之原，當復有得力處也。（嘉靖卅六年丁巳（1557）時張居正年三十三歲）

我們於此，並無意於鑽研《易經》。只不過想指出誠齋活用「故紙」，令人耳目一新；不但足能「與古為新」（劉勰語），而且能夠使之富有新義。

茲舉誠齋論「詩」為例。誠齋云：

> 聖人之道，禮嚴而詩寬。嗟乎，熟知禮之嚴為嚴之寬；詩之寬為寬之嚴歟？」又云：「矯生於媿，媿生於眾；媿非議則安，議非眾則私；安則不媿其媿，私則反議其議。聖人不使天下不媿其媿，反議其議也，於是舉眾以議之，舉議以

媿之。則天下之不善者，不得不媿。媿斯矯，矯斯復，復斯善矣。此詩之教也——詩果寬乎？聳乎其必譏，而斷乎其必不恕也。……

作非一人，詞非一口，則議之者寡耶？夫人之為不善，非不自知也，而自赦也。自赦而後自肆，自赦而天下不赦也，則其肆必收。聖人引天下之眾，以議天下善不善，此詩之所以作也。故詩也者，收天下之肆者也。

今夫人之一身，暄則倦，凜則力；十日之暄，可無一日之凜耶？《易》、《禮》、《樂》與《書》，暄也。《詩》，凜也。人之情不喜暄而悲凜者，誰耶？不知夫天之作其倦，強其力而壽之也。天下之於《易》、《禮》、《樂》、《書》、《詩》，喜其四，愧其一，熟知聖人以至媿媿之者，乃所以以至喜喜之也歟？

這裏，請看，誠齋思致何等謹嚴，而其靈活何等可喜可愛！

誠齋有《詩話》一卷，僅六十八則，並無佳勝之處。詩稿九集，除最後的《退休集》（慶元二年（1196）——開禧元年（1205））則無一不質樸，不事鋪張，極可取。誠齋為他人作序，大抵亦如詩話，卻多有意味。此種小文，實即是後世小品文字之前身，故昔多有之的。那八篇小序裏有誠齋詩學大旨的概括，毋庸細論。但本文所撮錄其論《詩》語，並不是要說，這即是誠齋做詩的哲學背景，而只不過是為了願望多明瞭些誠齋的品格究竟何在；其用心之與眾不同；以及誠齋的思想是屬於創新的範疇的。自然，一篇短文，探驪得珠是不可能的；這裏不過只算是管窺蠡測罷了。

誠齋的言論，可以事實論證，他的情思何等充實而有光輝！舉一例說：《庸言》三（卷九十一）有一則：

「楊子曰：國家之敗，其敗者敗之歟？抑亦興者敗之歟？家有範，人有表，範完而表端，罔或虧側矣。唐太宗謂其子曰：『吾有濟世之功，是以縱欲而人不議。然則敗唐者，太宗也而非高宗也。』」這是何等深刻的史識！按照上述論《詩》意旨，有議（按，即有美有刺之刺的發展的進一步或深刻的探索）即有詩，無詩則無議，是十分明顯，難容其諱莫如深的。

一個在封建社會裏，於當時又是現任官吏的詩人竟能如此大膽的斥責罪惡的黑心，他生在我們的這個現代，應該是怎樣的一種進步姿態，他將邁出何等堅定的步伐，我以為是完全可以付諸想像的。誠齋喜利用史傳，歷史也是需要想像力來駕馭的。

若然，我的感舊，亦即懷新。

三、誠齋的詩

誠齋〈頤菴詩稿序〉有云：

> 善詩者去詞，……善詩者去意。……曰：去詞去意而詩有在矣。
>
> 至於茶也，人病其苦也；然苦未既，而不勝其甘。——詩亦如是而已矣。

茶味回甘，是為真味；詩入化境，是為真詩。（按，「去詞、去意」，真是一個卓越的新穎的論斷！）我們體會一下就能知道：誠齋確是善於思考問題的人，不單是詩，其他事物亦然。不過此處僅限於談藝，不暇旁及了。

清徐山民重刊誠齋詩，趙甌北為作集序，論誠齋爭新，在意不在詞；往往以俚為雅，以稚為老。——這些意見是很覺簡明扼要的。

清查初白《敬業堂詩》、《粵遊草》上下兩卷，均有效誠齋體之作，如〈莫洲絕句〉（茲不具引）。

按，《詩人玉屑》引誠齋說詩過半，可見自當時至清，誠齋的詩一直為人推重，至清末民初「宋詩運動」起，同光派之巨擘陳石遺始有意識的鼓吹，誠齋詩生新法實則亦並非魔道，我們依舊是可以重新加以珍視，試看對我究竟有無益處的。

* * *

我，誠齋，於此不宜做鳥瞰。

假如說前面兩小節文字是一個源泉，那麼，有泉一線，它潺潺的流逝下去，我也就想沿著一條長的、但傾斜的道路，相機看能否汲取一瓶那清冷的泉水？只要一小瓶，我就滿足了。

紹興三十二年（1162）自焚其少作千餘篇，表不願止於學江西派；詩格為之一變。始存稿，有《江湖集》。時誠齋三十六歲。是年秋，離零陵（丞）任。

第一個相知張功甫（鎡）說：「目前言句知多少，罕有先生活法詩。」「活法」說，可以說一開始就成為鐵案了。功甫又云：「筆端有口古來稀」，也是極有份量的見地。但是，有一點從宋代就開始的懷疑詩的功用的意見，功甫亦云：「霜鬢未聞登翰苑，緩公高步或因詩。」（俱見《南湖集》）這也可反證誠詩[1]愛詩成癖，大致是不會錯的。但誠齋既能割愛「焚其少作千餘篇」，則他的多「變」想來一定是進境的故知，認為誠齋是天生的詩人，是無意思的。宋周益公也說誠齋是「筆端有口，句中有眼」，然而這是「五十年之間歲鍛月煉，朝思夕維，然後大悟大徹」的。（見〈題跋〉）清祁寯藻〈吉水懷楊文節〉有句云：「同鄉亦有平園叟，不薦詩人孟浩然！」此種感慨是廉價的同情，是不必認真的。

還是讓我們潛心地來讀誠齋九集，最為相宜。

《江湖集》八卷，共計十二年稿，誠齋卅六至五一歲時作。卷一有一首〈癸未上元後永州夜飲趙敦禮竹亭聞蛙醉吟〉，句云：

[1] 原稿如此，「誠詩」或為「誠齋」之誤。

只作蛙聽故自佳，

何須更作鼓吹想？

像這樣的詩，與其說是翻案之作，勿寧是「匡謬正俗」更為適當。蛙鳴，自然給人以靜淨的鳴聲，而「鼓吹」則在人事中喧闐得很！

這一節故事，有「談何容易」（東方朔語）之致，值得具體地追述一下：

> 孔稚珪風韻清疏，不樂事務；門庭之內，草萊不剪，中有蛙鳴。或問曰：「欲為陳蕃乎？」珪笑曰：「我以此當兩部鼓，何必期效仲舉？
>
> 王晏嘗鳴笳造之，聞群蛙鳴，曰：『此殊聒人耳！』珪曰：『我聽鼓吹，殆不及此。』晏慚之！（〈孔稚珪傳〉）

這裏有點像現在常說的前後矛盾吧？不然，實則是隨機應變，正復是情思豐富的表現。總之，蛙鳴是好聽的，於一灣碧池裏，聽雨後鳴蛙，確實勝似聽琴。這也是我們的大傳統裏的小小珠玉般的詩情。

在《江湖集》裏佳勝之作不算多。但如〈羅丞零陵，忽傷病寒；謁醫兩旬，如負擔者，日遠日重！改謁唐醫公亮，九日而無病矣。謝以長句〉：

料病如料敵，

用藥如中的；

淮陰百戰有百勝，
由基百發無一失！

老唐脈法明更高，
閱人二豎何得逃！
探囊起死無德色，
掉臂不為曳裾客。

但使鄉鄰少臥疴，
眼底名醫麻竹多。
嗟予詩瘦仍多病，
兩句進尺退不寸。

逢君已曉亦未晚，
掃除何曾費餘刃。
長句藉手聊爾耳，
真成不直一杯水！

上面所錄一詩，在誠齋自非代表作，然而我們卻不難看出：誠齋不單是善笑的詩人，就在寫自己的私生活的詩中，他的品格真正稱得起「充實之謂美」，「充實而有光輝之謂大」，至少也要比「二之中、四之下」要更高一等級。昔賢以為「老杜似孟子」，我們似乎說誠齋有些像孟子，也未為不可吧？

就是從誠齋詩格以「痛快」著稱（姜白石）[注]，不是就與孟子頗覺相似嗎？孔子自然很是明智，深沉，但較諸孟子，總似乎有那麼一點彆扭似的，你只要看《鄉黨》一章出現那麼多的否定詞「不」，就清楚得很了。自然，我絕無意於說孔不及孟，只是想到孟子那句儒家思想之光的文章，感人之深，確實令人起敬，像一株樹，就移植於誠齋的窗前了。

在《江湖集》裏，有一首詩純粹是政治詩，即卷末的〈讀罪己詔〉（時有符離之潰）共三首，其中一首云：「莫讀輪台詔，令人淚點垂！」「何罪良家子，知他大將誰！」第二首有云：「亂起胡烽日……群公莫自賢。」第三首錄如下：

只道六朝窄，
渠猶數百春。
國家祖宗澤，
天地發生仁。
曆服端傳遠，
君王但側身。
楚人要能懼，
周命正惟新。

按，符離之潰是一件極重大的事件，自此南宋政治一蹶不振。但「罪己詔」並非「哀痛詔」，真正深感哀痛的是論罪的張浚，並波及他的忠實的門徒誠齋，所以他寫了這三首政治詩。大將指自幼即號稱「奇男子」的李顯宗和邵宏淵，他們太看重私憾，以致反勝為敗！是年誠齋年三十七歲。然而這三首詩置諸卷末，也許是認為這樣更為顯著，也未可知。

從〈讀罪己詔〉的結穴看，誠齋依舊是樂觀的，從當時的主戰派來說，他並非一個失敗主義者。

注：認為誠齋詩的痛快風格，還有哲人陸九淵，有〈和楊廷秀送行〉：七八云：「君詩正似清風快，及我征帆故起蘋！」（《象山全集》二五）

四、「活法」與生新

淳熙元年（1174），誠齋被命出知漳州。編詩有《荊溪集》、《西歸集》。

按，《荊溪集》（共五卷）中詩，誠齋五十七、八歲時所作，間有五十九歲作。

誠齋詩以精妙、妙悟著稱，他善於寫生，其靈敏處有若現代攝影術中「抓」拍手法。(注)——這應是一個比「活法」更易於使人明瞭的解說，誠齋手疾眼快，寫得那麼妙趣橫生，這裏不妨列舉寫生詩若干首如下：

〈過招賢渡〉四首錄一

予昔歲歸舟經此，水涸舟膠，旅情甚惡

岸上行人莫歎勞，長年三老政呼號。

也知灘惡船難上，仰踏桅竿臥著篙。

〈舟過吳江〉三首錄一

江湖便是老生涯，佳處何妨且泊家。

自汲松江橋下水，垂虹亭上試新茶。

〈七月十四日雨後荷橋上納涼〉

荷葉迎風聽，荷花過雨看。

移床橋上坐，墮我鏡中寒。

〈暮立荷橋〉

欲問紅蕖幾蒼開，忽驚浴罷夕陽催。

也知今夕來差晚，猶勝窮忙不到來。

〈梅花〉

花早春何力，香寒曉盡吹；

月搖橫水影，雪帶入瓶枝。

〈梅殘〉

雪已都消去，梅能小住無？

雀爭飛落片，蜂獵未蔫鬚。

蔫音nian，今仍為口語：花果失去水分而萎縮。（楡注）

〈淨遠亭午望〉二首錄一

城外春光染遠山，池中嫩水漲微瀾。

回身小築深簷裏，野鴨雙浮欲近欄。

〈靜坐池亭〉二首錄一

胡床倦坐起憑欄，人正忙時我正閒。

卻是閒中有忙處，看書才了又看山。

〈雨中懶困〉

城頭欲上苦新泥，暖氣薰人軟欲癡。

睡又不成行不是，強來看打洛神碑。

〈水紋〉選一首

池面尖風起，煙痕一拂微；

無形還有影，掠水去如飛。

〈晚風寒林〉二首

其一

已是霜林葉爛紅，那禁動地晚來風；

寒鴉可是矜渠黠，踏折枯梢不墮風。

其二

樹無一葉萬梢枯，活底秋江水墨圖。

幸自寒林俱淡筆，卻將濃墨點棲烏。

〈晴望〉

愁於望處一時銷，山亦霜前分外高；

枸杞一叢渾落盡，只殘紅乳似櫻桃。

〈郡圃殘雪〉三首錄一

城外城中雪半開，遠峰依舊玉崔嵬；

池冰綻處才如線，便有鴛鴦浮過來。

〈正月將晦繁星滿天〉

兔冷蟾寒不出時，群仙無睡尚遊嬉；

可憐深夜無燈火，碧玉枰前暗著棋。

按，上面這些詩，像〈晚風寒林〉，〈晴望〉，幾乎是彩色攝影了。尤其是前者，從美術的角度看，它還要算畫家望而生畏的寒荒景色，誠齋卻為我們作出最精妙的塗鴉！

然而，誠齋並不專以妙趣、逗樂取勝。他有那種很有「正味」的詩，如〈六月喜雨〉（三首錄一）

今年不是雨來慳，不後秧時亦不前；
自古浙西長苦潦，近來無潦恰三年。

〈秋懷〉
隨分哦詩足散愁，老懷何用更冥搜；
聿來胥宇蟻移穴，無以為家燕入秋。
蓋世功名吹劍首，平生憂患淅矛頭。
從今歸去便歸去，未到無顏見白鷗。

〈秋懷〉末句，可謂不俗。——
說到俗，令人想到「元輕白俗」。《荊溪集》十一中有一首

〈讀元、白《長慶》二集詩〉
讀遍元詩與白詩，一生白傅重微之；
再三不曉渠何意，半是交情半是私！

這是純然的斥責。誠齋嘗說「半山便遣能參透，猶有唐人是一關。」似乎唐人一關，並不易參透。微之詩亦有極質樸不可及之作，例如〈放言〉

他時埋我燒缸地，
賣人與家得酒盛。

看似隨意寫來，實則難能可貴，詩寫得深至至，絕非亂喊「啊啊⋯⋯」強賦愁情者所能企及的！

至於「交情」，倒如唐之韓、孟，宋之歐、梅，即如到了南宋，我們不是也常稱道楊、陸，即誠齋自己不是也有「雲龍上下隨」的比擬嗎？故知慧心如誠齋時或不免狹隘。但這是不能已於言者。

此一章，我們欣賞誠齋的犀利的觀察，他的眼界、心思殊非一般詩人能媲。自然，也很有些淺率急就之章。不過誠齋之精妙入微，卻並非流於小巧，而時或是開闊的。茲舉一例以明之：

〈太平寺壁　郡人徐友畫清濟貫河〉
太平古寺劫灰餘，夕陽惟照一塔孤。
得得來看還不樂，竹莖荒處破殿虛。
偶逢老僧聽僧話，道是壁間留古畫；
徐生絕筆今百年，祖師相傳妙天下！
壁如雪色一丈余，徐生畫水才盈堵；
橫看側看只么是，分明是畫不是水。
中有清濟一線波，橫貫濁浪之黃河；
雷奔電捲盡渠猛，獨清元自不隨他。
波痕盡處忽掀怒，攪動一河秋色暮；
分明是水不是畫，老眼向來元自誤！
佛廬化作金拖樓，銀山雪堆風打頭；

是身飄然在中流，奪得太乙蓮葉舟；
僧言此畫難再覓，官歸江西卻相憶；
並州剪刀剪不得，鵝溪疋絹官莫惜，
貌取秋濤懸作側。

如果只限小巧，是難以如此放筆為真幹的。

應該開始注意到誠齋與范石湖的關係了。

當時詩壇，有「尤蕭范陸」的美稱，後改「尤楊范陸」，其中楊、范、陸，不但齊名，而且私人友誼甚好；〈石湖集〉的一部分詩，放翁為之序，即〈西征小集序〉。但，石湖集序是石湖要誠齋寫的，「吾集不以無序篇，有序篇非序篇，寧無序篇也。今四海文字之友，惟江西楊誠齋與吾好，且我知微斯人疇可以屬斯事，小子識之。」這是石湖囑告其子莘的話。誠齋說：「今忍死丁寧之託，其何敢辭。」這是何等的鄭重，雖然只不是[2]一篇序文。

誠齋有〈寄題石湖先生范至能參政石湖精舍〉：

萬頃平湖石琢成。尚存越壘對吳城；如何豪傑干戈地，卻入先生杖履聲。古往今來真一夢，湖光月色自雙清；東風不解談興廢，只有年年春草生。

不關白眼視青雲，四海如今幾若人？渭水傅岩看後代，東坡太白即前身。整齊宇宙徐揮手，點綴湖山別是春。解遣雙魚傳七字，遙知掉脫小烏巾。

[2] 原稿如此，或「只不」後脫漏「過」字。

范石湖有〈次韻同年楊廷秀使君寄題石湖〉：

儀凰當瑞九韶成，何事棲鸞滯碧城。公退蕭然真吏隱，文名藉甚更詩聲。句從月脅天心得，筆與冰甌雪碗清。書到石湖春亦到，平堤梅影谷紋生。

半世輕隨出岫雲，如今歸作臥雲人。小山有賦招遊子，大塊無私佚老身；禪版夢中千嶂曉，鬢絲風裏萬花春。新年社甕鵝黃滿，剩醉田頭紫領巾。（詩集卷二十）

請看石湖對誠齋詩的讚美，確實不但使由衷之言，因為它十分中肯綮。連類及之，清袁枚的見地，在這一點上，也並不錯：「詩有音節清脆，如雪竹水絲，非人間凡響，皆由天性使然，非關學問：在唐則青蓮一人，而溫飛卿繼之，宋有楊誠齋，元有薩天錫，明有高青丘，本朝繼之者，其惟皇莘田乎？（詩話卷九）

注：誠齋的「活法」，或即「生新」，都是詩論家的話。哲人便另有看法，即如張魏公，看到誠齋「梅子留酸」一首七絕，喜曰：「廷秀胸襟透脫矣！」此種讚歎，恐怕與當以禪說詩並無關係，但「透脫」一詞卻比「活法」、「生新」都要好，是完全可以借重來應用的。

五、「詩近田野」

上面說到誠齋的詩「非人間凡響」，然而誠齋野客的詩中風光極為濃至，令人深感另一個幽默詩人的話：「文近廟廊，詩近田野」，幾乎可以視為真理(注)了。茲舉例來看：

〈李與賢來訪，自言所居幽勝，甚似剡溪。因以「似剡」名其庵，出閒居五詠，因次其韻〉（錄一）
漫浪江湖天一方，故人不見兩三霜；
對床說盡平生話，黃葉聲中秋夜長。

〈道旁小憩觀物化〉
蝴蝶新生未解飛，須拳粉濕睡化枝；
後來借得風光力，不記如癡似醉時。

這裏的「風光」正是自然的別號。一般人要「復行返自然」並非易事，而敏感的詩人應該是具有此種羽翼的。風光有險阻也不怕：

〈四月一日三衢阻雨〉二首

其一
無朝無夕雨翻盆，村北村南水接天；
斷卻市橋君莫笑，前頭野渡更無船。

其二

小詩苦雨當雲牋，寄似南風一問天；

漏得銀河乾見底，卻將什麼作豐年。

〈西齋睡起〉

小睡西齋聽雨涼，竹雞聲裏夢難長。

開門山色都爭入，只放青蒼一冊方。

〈松聲〉

哦詩口角恰微吟，喚得風從月脅生。

端為先生醒醉耳，繞山搜出萬松聲。

〈試蜀中梁杲桐煙墨書玉板紙〉

木犀煮泉漱寒齒，殘滴更將添硯水；

子規鄉里桐花煙，浣花溪頭瓊葉紙。

先生老去怯苦吟，琢無肝肺嘔無心。

芙蓉在左木犀右，漫與七言真藉手；

秋光一點入骨清，有筆如椽描不就，

先生不瘦教難瘦？

這些珍重「風光」的詩充滿了「人間煙火」氣息——不過誠如青蓮居士所吟詠的，這「人間煙火」乃是：

人煙寒橘柚，

秋色老梧桐。

故我們須另眼看待了。

試再從反面來看：

〈秋蠅〉

秋蠅知我政吟詩，得得緣眉復入詩[3]。

欲打群飛還歇去，風光乞與幾多時。

誠齋也有並不「以俚為雅」者，即是說，「雅」自雅，「俚」自俚，皆是好詩。例如「雅」者：

〈寄題蕭邦懷少芳園〉

群鶯亂飛春晝長，極目千里春草香。

幽人自煮蟹眼湯，茶甌影裏見山光。

欣然藥囿聊步屧，戲隨蜜蜂與蝴蝶；

楊花糝逕白於雪，桃花夾逕紅於纈。

再如「俚」者：

〈插秧歌〉

田夫拋秧田婦接，小兒拔秧大兒插；

笠是兜鍪蓑是甲，雨從頭上濕到胛。

喚渠朝餐歇半霎，低頭折腰只不答。

秧根未牢蒔未匝，照管鵝兒與雛鴨。

3 「詩」或應為「髭」。

寫農村中人的沈默，行動，一種愉快的勞動，實實在在地把自然「風光」寫活了！而誠齋野客的詩也確實是「活潑潑地人難及」也。

〈江山道中蠶麥大熟〉三首

其一
衢信中央雨盡頭，蠶麰今歲十分收；
穗初黃後枝無綠，不但麥秋桑亦秋。

其二
黃雲割露幾肩歸，紫玉炊香一飯肥；
卻破麥田秧晚稻，未散水牯臥斜暉。

其三
新晴戶戶有歡顏，曬繭攤絲立地乾。
卻遣繅車聲獨怨，今年不及去年閒。

我們讀了這類詩，即便說這是愉快的勞動——如果說這是農民對自然的親切感受，我認為也不為過。

下面讓我們再讀兩首較長的詩，看看誠齋是怎樣把自己鎔入自然裏面去的，換一句話說：我們看一位真正罕見的幽默詩人是怎樣體會著我們這號稱「煙水國」的萬有的，他真不愧為「誠齋野客」。

但，請容許我先引一首別人的詩，見《浪語集》：

〈行戍西山徒步抵寒溪寺〉　　　　　薛季宣

杖履竹林遊，

陟降西山道；

匆匆不是閒，

倍覺寒溪好！

漂魚戲憑靈，

注水喧幽草；

埋荒古人跡，

樹代庭如埽。

桴鼓又相聞，

我心為之懆！

如「懆」字，顯為險韻，我們讀詩時，知道「憂心懆懆」，懆不是燥，也並非躁。然而，即使在遊覽或行旅之間，我們就失掉了熱情，這是很難想像的。在山水清音裏「憂心懆懆」，正是「人間煙火」，沒有它，詩人欲做詩是無能為役的。讓我們看看誠齋做詩，是如何地持有一種悲觀的樂觀主義的吧：

〈四月十三日度鄱陽湖〉

湖心一山曰康郎山，其狀如蛭，浮水上。

泊舟鄱陽湖，風雨至夜半；

求濟敢自必，苟安固所願。

孤愁知無益，暫忍複永歎。

夜久忽自睡，倦極不知旦。

舟人呼我起，順風不容緩；
半篙已湖心，一葉恰鏡面。
仰見雲衣開，側視帆腹滿。
天如琉璃鐘，下覆水晶碗。
波光金汁瀉，日影銀柱貫。
康山杯中蛭，廬阜帆前幔。
豁然地無蒂，渺若海不岸。
是身若空虛，禦氣遊汗漫；
初憂觸危濤，不意拾奇觀。
近歲六暄涼，此水三往返。
未涉每不寧，既濟輒復玩。
遊倦當自歸，非為猿鶴怨。

在誠齋野客手下，無往而非詩，而且無不富有情趣。寫盡湖光景色，人物的心理動態。

再舉一例。我記得有這樣二句詩：「夜深童子喚不醒，猛虎一聲山月高」，平常我們也說「虎嘯猿啼」。然而，請看誠齋的遊覽之作如何的不同凡響吧：

〈紀羅楊二子游南嶺石人峰〉

吾弟廷弼與羅惠卿游石人峰，幾為虎所得！嘗為予道及其事，因作長句紀之。

二子同遊石人峰，深行翠筱黃茅中；
初嫌微徑無人蹤，行到半嶺徑亦窮。
來時猶自聞雞犬，且行且語不覺遠；

上頭無梯下無岸，前頭難攀後難返。

黃茅翠筱深復深，忽有笛聲出暗林。

草根一把牛骨骼，血點濺地驚人心！

二子相看面無色，疾趨山後空王宅，

野僧聞此叫絕天，拊破禪床推倒壁！

荒山豈有吹笛聲，乃是臥虎鼻息鳴！

二子歸來向儂說，猶道茲遊最清絕。

茲遊清絕豈不佳，二子性命如泥沙！」

上詩寫睡虎鼾聲如笛吹，可謂奇絕！

這詩在當時即是一首名詩。我們不妨抄錄一篇「後臺的喝彩」式的文章，它是有名的「三老圖」（石湖、誠齋）中的一老周平園的題跋。周益公實有資格寫此類評論文者。見《益公題跋》卷四：

韓子蒼贈趙伯魚詩云：「學詩當如初學禪，未悟且遍參諸方，一朝悟罷正法眼，信手拈出皆成章。」蓋欲以斯道淑諸人也。

今時士子見誠齋大篇短章，七步而成，一字不改，皆掃千軍、倒三峽、穿天心、透月脅之語。至於狀物姿態，寫人情意，則鋪敘纖悉，曲盡其妙；遂謂天生辯才，得大自在；是固然矣。抑未知公由志學至從心；上規賡載之歌，刻意風雅頌之什，下逮左氏、莊騷、秦、漢、魏、南北朝、隋唐以來及本朝，凡名人傑作，無不推求其詞源，擇用其句法；五六十年間，歲鍛月煉，朝思夕維，然後大悟大徹；筆端有口，句中有眼；夫豈一日之功哉？

吉水羅惠卿之子旦，示公『石人峰』長韻，讀之如身履羊腸，耳聞■[4]寅，心膽震悸，毛髮森聳，詩能動人，至是耶？

予懼夫不善學者，欲以三年刻楮葉之巧，而睎秋花發杜鵑之神；望公將壇，竭蹷趨之，非但失步邯鄲，且將下墜千仞；故歷敘公真積力久，乃悟入門，證子蒼之知言。慶元庚申十一月辛巳，平園老叟周某，書於華隱樓。」（跋楊廷秀〈石人峰〉長篇）

[4] 此處原稿闕一字。

六、愛重古人

淳熙六年，誠齋提舉廣東常平茶監，他做了一件與人民為敵的事，曾率兵鎮壓「盜」、沈師，並因之升任廣東提點刑獄。九年七月丁母憂去任。這期間，編詩，有《南海集》。

誠齋以俚稚為能，時或淺率，都是事實。但，誠齋情思豐富、深細，亦有寫晦澀，不易讀者，殊不可忽視。我舉〈宿范氏莊四首〉，像這樣的詩，黝黝芃芃，想要一眼看到底，不經過動動腦子的誦雒，是難以通懂的。錄詩如下：

〈正月三日宿范氏莊四首〉

其一

開歲又涉三，我征良未休；
沙行地一平，百里縱遐眸：
景穆物自欣，磧迴情反愁。
中田緬雲莊，聊復稅我輈，
追程有底急？行急能至不？
三峰從何來，駿奔若鳴騶。
當戶不忍去，徘徊為人留；
對之成四友，呼酒與獻酬。
我醉山自醒，相忘卻相求。

其二

野踐得幽詠，不吐聊自味；

健步忽傳呼，雲有遠書至；

開緘秖暄涼，此外無一事。

奇懷坐消泯，追省寧復計；

方歡遽成悶，俗物真敗意！

山鵲下虛庭，對語含喜氣；

一笑起振衣，吾心本無滯。

其三

酒名忘憂物，未盡酒所長；

醉後忘我身，安得憂可忘？

我飲初不多，不可無一觴；

平生難為酒，甘醴斷不嘗。

要與水爭色，仍復菊敵香。

氣盎春午花，味凜秋旭霜。

三杯合自然，一滴詣醉鄉；

竭來困行役，名酒安可嘗？

甘淡俱不擇，芳洌那得將？

酒味何必佳？一醉徑投床；

但令有可飲，不醉亦何妨。

其四

山歷愁寡天，沙征恨多地；

兩日行海濱，雖近彌不至。

遐瞻道旁堠，我進渠秪退。

大風來無隔，午燠皎安避？

今夕范氏莊，初覿三峰翠；

愈遠故絕瑕，不多始足貴。

巉然半丸出，蹙若一拳細；

輕霏淡晚秀，隤照花春媚。

玩久有餘佳，繪苦未必似。

今夕勿掩扉，月中對山睡。

這樣的詩，像一面晦暗的、但是溫和的鏡，我們也不妨名之曰富有哲理的詩吧？在一般以抒情為主的詩人手中是寫不出來的。

我們不能無原則地一概地反對晦澀的詩；要想懂詩，須是學詩，要詩人調和某一種口味，而寫出詩來只不過是為了供你享受，——有此種要求的人，我以為應該首先學做人的道理：「行已有恥」。這要包括滿足那種享受要求的做詩人在內。

對南海，誠齋何以自處呢？請讀這首六言絕句：

〈宴客夜歸〉六言

月落荔枝梢上，人行茉莉花間；

但覺胸吞碧海，不知身落南蠻。

但誠齋並不可能永遠是海闊天空的，他也有此身無著處，不得其所的、某種不安的無可奈何的時刻。

〈新晴西園散步四首〉（錄一）

厭見山居要出來，出來厭了卻思回；

人生畢竟如何是，且看桃花晚蕚開。

對於升官（提點刑獄）事，誠齋有一首詩很耐人尋味：

〈平賊班師明發潮州〉

不是潢池赤白囊，何緣杖屨到潮陽；

官軍已掃狐兔窟，歸路莫孤山水鄉；

便去羅浮參玉局，更登浴日折扶桑。

還家兒女搜行李，滿袖雲煙雪月香！

末一聯絕非掩飾，如要掩飾，詩題便不會那麼明顯的提及這一次不光彩的事了。十分有趣的是：我們的善良的詩人的「浩然之氣」，似乎並未遭到多大損傷，這在一個平常的官吏來說，那樣面對燈前的親兒女，也並不致是厚顏吧？

南海之行，整體地看來，依舊以行旅和題詠諸作為主，誠齋的詩並未受到污染。對於南海之行，我們試看別人的客觀觀感如何？

〈楊廷秀寄《南海集》〉　陸游

其一

俗子與讓人隔塵俗，何嘗相逢風馬牛？

夜讀楊卿南海句，始知天下有高流。

其二

飛卿數闋嶠南曲，不許劉郎誇竹枝！

四百年來無復繼，如今始有此翁詩。

〈題楊誠齋《南海集》二首〉　袁說友

其一

君侯大雅姿，萬態歸物色；

商略南海句，以心不以跡。

試吐胸中奇，如臂指運力。

今推王揚賢，童子漫雕刻。

其二

詩以變成雅，騷以變達意；

變其權者徒，中有至當義。

水清石自見，變定道乃契。

文章豈無底，過此恐少味。（〈東塘集〉卷一）

誠齋於此行所有詩作裏，仍以行旅以及觀感為多：

〈庚子正月五日曉過大皋渡二絕〉（錄一）

霧外江山看不真，只憑雞犬認前村；

渡船滿板霜如雪，印我青鞋第一痕。

〈明發海智寺遇雨二首〉

其一

枉教一月費春風，不及朝來細雨功；

草色染來藍樣翠，桃花洗得肉般紅。

其二

可惜新年雨未多，不妨剩與決天河。

農人皺得眉頭破，無水種秧君奈何！

〈蜑戶〉

天公分付水生涯，從小教他踏浪花；

煮蟹當糧那識米，緝蕉為布不需紗。

夜來春漲吞沙觜，急遣兒童斸荻芽；

自笑平生老行路，銀山堆裏正浮家。

〈峽中得風掛帆〉

樓船上水不寸步，兩山慘慘愁將暮；

一聲霹靂天欲雨，隔江草樹忽起舞；

風從海南天外來，怒吹峽山山倒開。

百夫絕叫椎大鼓，一夫飛上千尺桅；

布帆掛了卻袖手，坐看水上鵝毛走。

〈夜泊鷗磯〉

峽中盡日沒人煙，船泊鷗磯也有村。

已被子規酸骨死，今宵第一莫啼猿。

〈題鍾家村石崖二首〉（錄一）

水仙高崖有底冤，相逢不得正相喧；

若教漁父頭無笠，只著簑衣便是猿！

〈真陽峽〉

清遠雖佳未足觀，真陽佳絕冠南蠻；

一泉嶺背懸崖出，亂灑江邊怪石間。

夾岸對排雙玉筍，此峰外面萬青山；

險艱去處多奇觀，自古何人愛險艱？

〈嶺雲〉

好山幸自綠嶄嶄，須把輕雲護淺嵐；

天女似憐山骨瘦，為縫霧谷作春衫。

〈明發瀧頭〉

黑甜偏至五更濃，強起侵星敢小慵；

輸與山雲能樣嬾，日高猶宿夜來峰。

〈湯田早行見李花甚盛二首〉

其一

此地先春信，年年只是梅；

南中春更早，臘月李花開。

其二

似妒梅花早，同時鬥雪膚；

新年二三月，還解再開無？

〈道旁草木二首〉（錄一）

古樹何年澗底生，只今已與嶺般平；

千梢萬葉無重數，一一分明作雨聲。

抄詩至此，我感到誠齋真是一個「道旁子」。但，像別的詩人所說的：「折得垂楊作馬鞭」，似乎都是多餘的，走馬觀花是妨礙誠齋的步伐之間的情思的。地大的中國走不盡，誠齋的詩做不完。我們這裏卻須告一段落了。

且看誠齋如何「不薄古人」：

唐子西集載謝固為綿州推官，推官之廨，歐陽文忠公生焉。謝作六一堂，求子西賦詩云：「即彼生處所，館之與周旋。」予謂此非子西得意句也。輒擬而賦之。

一代今文伯，三巴昔產賢；

白珩光宇宙，藍水暗風煙。

有客曾高枕，外堂見老仙；

夢中五色筆，猶為寫鳴蟬。

尤其是對東坡，人傑地靈，誠齋在《南海集》中得到他的重視。

〈小泊英州二首〉（錄一）

數家草草劣無多，跕水飛鳶也不過；

道是荒城斗來大，向來此地著東坡。

〈惠州豐湖亦名西湖二首〉

左瞰豐湖右瞰江，五峰出沒水中央；

峰頭寺寺樓樓月，清殺東坡錦繡腸。

三處西湖一色秋，錢塘穎水更羅浮；

東坡元是西湖長，不到羅浮便得休。

最後，這一首較長篇的七言詩，臨末提及書法，可以想見欽羨之感；特別是結尾的「嘉祐破寺風颼颼」，寫出古今的寂寞，「此中有真意」，幾於令人觸摸得到，誠齋詩筆可謂力透紙背！錄全詩如下：

〈七月十二遊東坡白鶴峰故居其北思無邪齋真跡猶存〉

詩人自古例遷謫，蘇李夜郎並惠州。

人言造物困嘲弄，故遣各捉一處囚。

不知天公愛佳句，曲與詩人為地頭。

詩人眼底高四海，萬象不足供詩愁。

帝將湖海賜湯沐，僅僅可以當冥搜。

卻令玉堂揮翰手，為提椽筆判羅浮；

羅浮山色濃潑黛，豐湖水光先得秋。

東坡日與群仙遊，朝發昆閬夕不周。

雲冠霞佩照宇宙，金章玉句鳴天球。

但登詩壇將騷雅，底用蟻穴封王侯！

元符諸賢下石者，秖與千載掩鼻羞。

我來剝啄王粲宅，鶴峰無恙空江流。

安知先生百歲後，不來弄月白蘋洲。

無人挽住乞佳句，猶道雪乳冰湍不？

當年醉裏題壁處，六丁已遣雷電收。

獨遺無邪四個字，鸞飄鳳泊蟠銀鉤！

如今亦無合江樓，嘉祐破寺風颼颼。

七、「不薄今人」

誠齋於淳熙九年，以丁母憂去任，十一年冬初服滿，召還杭州為吏部員外郎。次年升郎中。又次年以樞密院檢評官兼太子侍讀，歷尚書右司郎中，遷左司郎中，兼侍讀如故。宰相王淮問為相之道，答以人才為先，即舉朱熹、袁樞等六十人——這即是《薦士錄》的來源。這是一部瞭解誠齋於詩外「不薄今人」的切實的證件。十四年夏，旱，應詔上書，遷秘書少監。高宗卒，以力爭張浚當配享廟祀，又指洪邁不俟集議，其專斷無異「指鹿為馬」，（孝宗有似秦二世），因出知筠州。有《朝天集》、《江西道院集》。其背景則仍是抗敵、主降兩派之爭，非「禮」的門戶之見。又，十六年，光宗受禪，召為秘書監。紹熙改元，借煥章閣學士，為全國賀正旦接伴使。

又，孝宗還生氣地說誠齋，「他在策文裏比我為晉元帝，甚道理？」（見《貴耳錄》，亦轉引自周汝昌〈萬里選集引言〉）出為江東轉運副史，有《續朝天集》。

朝議行鐵錢於江南諸郡，誠齋疏其不便，不奉詔，忤宰相；改知贛州，不赴，乞祠官而歸。有詩曰《江東集》。時誠齋已六十六歲。

《薦士錄》之外，「尤蕭范陸」，四家齋名，原係出自誠齋之手，後人以楊易蕭，其中楊陸並稱，是詩史上的定論，或習慣成自然的相提並論的詩人。此外，誠齋有〈進退格寄張功甫姜堯章〉：

尤蕭范陸四詩翁，
此後誰當第一功？
新拜南湖為上將，
更牽白石作先鋒。
可憐公等俱癡絕
不見詞人到老窮！
謝遣管城儂已晚
酒泉端欲乞移封。

白石以詩法入詞，故詞不及詩，誠齋於此並無阿人所好的嫌疑。

誠齋不但在詩壇上點將，而且，似乎他還出人意料之外的發現了兒童，這一點倒是應該首先來讚美的了！誠齋有一首絕句（〈梅子留酸〉），張紫岩（浚）看了，喜曰：「誠齋胸襟透脫矣！」除了使我們領略到宋儒的「理學」與詩並不見得是矛與盾的關係，它們還相互地似乎「偶與前山通」吧？此外，這首傳誦的小詩還告訴我們一個好消息：誠齋發現了兒童生活的美：「閒看兒童捉柳花」；他澆花，澆灑蕉葉，「兒童誤認雨聲來！」這是何等的有情趣！（注）

中國一向對於兒童的一切不聞不問，即如詩文中，試問除了左思〈嬌女〉，玉谿〈驕兒〉兩詩外，我們還能舉出什麼作品來呢？自然這〈嬌〉〈驕〉二詩寫得都並不壞，內容相當豐富、靈活，然而，一部如此厚重的詩史就只有兩首兒童詩，未免令人齒冷吧？

筆者也曾探險般地「踏破鐵鞋」，尋尋覓覓，還好，我的運道總算不錯，居然有幾首有關兒童的詩撲人眉宇而來：這即是《春雨齋集》五：

〈小兒何所愛〉（解縉）

余未言時，頗知人教指，夢人授五色筆，上有花如菡萏者。當五六歲，有作，未能書，往往不復記憶。此由從祖淵靜先生戲命賦，成詩頗傳誦。不忍棄置，因識於此。聰明不及於前時，道德日負於初心；益見韓子之言為信，

其一

小兒何所愛？愛此芝蘭室，

更欲附龍飛，上天看紅日。

其二

人道日在天，我道日在心；

不省雞鳴時，泠然鐘磬音。

其三

小兒何所夢？夜夢筆生花；

花根在何處？丹府是吾家。

其四

聖人有六經，天地有日月；

日月萬古存，六經終不滅。

這是解春雨兒時所作嗎？其小引中弄虛作假，明顯的是自欺欺人！我既未入寶山，自然要空手而歸了。這裏也有一點好處，即作為反面材料看，對我們也許是一點刺激也未可知？

誠齋別有〈幼圃〉詩，小序云：

蒲橋寓居，庭有刳石方而以土者。小孫子藝花窠菜本其中，戲名幼圃。

寓舍中庭劣半弓，燕泥為圃石為墉；
瑞香萱草一兩本，蔥葉蕣苗三四叢。
稚子落成小金谷，蝸牛卜築別珠宮；
也思日涉隨兒戲，一徑惟看蟻得通。

按，如果人失掉了「赤子之心」或童心，他是不會對兒童學種蔬如此重視並寫成詩的。詩結穴處，以蟻作為特寫，此種兒童心理是值得吟味的。

仍回過頭來，讀詩人們的心聲。陸放翁云：「文章有定價，議論有至公；我不如誠齋，此評天下同。……」誠齋不這樣想，他有〈雲龍歌調陸務觀〉，在誠齋的想像裏，他們的關係好比「雲龍上下隨」……

在理解方面，誠齋自更加好了，他真能作到說詩解頤、入微入妙的地步。放翁詩：

〈夜坐聞湖中漁歌〉
少年嗜書竭目力，老去觀書澀如棘。
短檠油盡固自佳，坐守一窗如漆黑。
漁歌嫋嫋起三更，哀而不怨非凡聲。
明星已高聲未已，疑是湖中隱君子。

〈題庵壁〉

萬里東歸白髮翁，閉門不復與人通；

綠樽浮蟻狂猶在，黃紙棲鴉夢已空。

薄技徒勞真刻楮，浮生隨處是飛蓬。

湖邊吹笛非凡士，倘肯相從寂寞中？

自注：每風月佳夕，輒有笛聲起湖之西南，莫知何人，意其隱者也。

這一位吹笛的湖中隱士，放翁詩中屢見不一見。他究竟是誰呢，值得放翁如此懷念縈心？誰也不知道。

然而，中國唯一的幽默詩人，同時又「於道學有分」的詩人卻委婉地告訴了我們：

「近嘗於益公許，窺一二新作。邢尹不可相見，既見不自知其味也。獨其向有使人怏怏之無奈者，如『湖中有一士，無人知姓名』又如『寄湖中隱者』是也。

「斯人也，何人也？謂不可見，則有欲拜某床下者；謂不可聞，則由聞其長嘯吹笛者。斯人也，何人也？非所謂『不夷不惠』者耶？所謂『出乎其類』『遊方之外』者耶？非所謂『逃名而名我隨，避名而名我追』者耶？公欲知其姓名乎？請索瓊茅，為公卦之，其繇曰：『鴻漸之筮，實為我氏；不知其字，視元寶之名，不知其名，視言偃之字。』既得是占，頗欲自秘，又非聞善相告之義。公其無謂『龜策城不能知事。』」（〈再答陸務觀郎中書〉）

按，熟知晚明小品的人們應該知道，誠齋書札正是上等的幽默文字！我還要說，往昔陳石遺先生謂誠齋為人作序文，往往即如詩話；我也說，你尋遍了無數詩話，恐怕也很難找到能與這篇書札媲美的詩話吧？

注：寫兒童的詩，鄙見只是說誠齋發現、重視了兒童，而兒童生活自然還是相當單調的；不過，這已經很難能可貴了：

〈宿新市徐公店二首〉（錄一）
籬落疏疏一徑深，樹頭花落未成陰。
兒童急走追黃蝶，飛入花來無處尋！

〈桑茶坑道中八首〉（錄一）
晴明風日雨乾時，草滿花堤水滿溪；
童子柳陰眠正著，一牛吃過柳陰西。

八、笑與「不笑」

《宋詩抄‧誠齋詩抄》引言有一句話，關係很大：

不笑，不足以為誠齋之詩

笑使「誠齋體」（《滄浪詩話》）別開生面，自成一家。

笑有笑的哲學，自然也會有笑的詩。不過「不笑」也並不見得不成其為誠齋之詩。這一點理應先加以辨識。

〈曉出淨慈寺送林子方二首〉（錄一）
畢竟西湖六月中，風光不與四時同；
接天蓮葉無窮碧，映日荷花別樣紅。

像這首著名的小詩，讀之久很覺平實無奇，別無笑顏逐開的必要。而它是大方的、自然地寫萬象（「萬象畢來」——《荊溪集》自序）之一角，如此而已。

〈讀淵明詩〉
少年喜讀書，晚悔昔草草；
迨今得書味，又恨身已老！
淵明非生面，稚歲識已早；
極知人更賢，未契詩獨好。

塵中談久睽，暇處目偶到；
故交了無改，乃似未見寶！
貌同覺神異，舊玩出新妙；
琱空那有痕，滅跡不須掃。
腹腴八珍初，天巧萬象表。
向來心獨苦，膚見欲幽討。
寄謝穎濱翁，何謂淡且槁！

像如此鄭重寫來的詩，既不瑣屑，也不草率，不但與小巧無絲毫關係，倒似乎是「平天之風」「若公輸氏，當巧而不用」；讀之有莊無諧，它也是「誠齋體」詩。「何謂淡且槁」，不是「天問」，卻是一句嚴格的答難，令人感到誠齋的「思無邪」。自然，「不笑」也是誠齋之詩；而笑，並不是「邪」。

不但此也，有時誠齋還能寫富有「理趣」的詩，這卻是「莊諧雜陳」的。例如：

〈初入淮河四絕句〉（錄一）
中原父老莫空談，逢著主人訴不堪！
卻是歸鴻不能語，一年一度到江南。

〈和張功甫病中遣懷〉
人自窮通詩自詩，管渠人事與天時！
鶴長未便嫌鳧短，梅早那須笑杏遲。
公子近來忺說病，老夫秋至不成悲。
人生隨分堪行樂，何必蘭亭與習池。

開端一句就顯示出誠齋是有頭腦者，「詩能窮人」若不是具大的普遍性的社會心理，又碰巧落在文章最有富韻味的歐陽修手裏，更是不脛而走了。本來這裏含有大量的諷刺意味，而在一些人心目中卻把它當作真理，從正面接受了它。不接受它的，也大有人在，例如詩家如陳後山，這位著名的苦吟詩人就說「詩能達人！」其實，這裏誤解了「詩能窮人」或「窮而後工」的深刻的寓意。我們聽起來正彷彿在《少年維特之煩惱》之後，出現了無聊的《少年維特之喜悅》一樣可笑！似乎「人自窮通詩自詩」更近真理了。

〈觀書〉

書冊不可逢，逢得放不得；

看得眼昏花，放了還太息。

掩卷味方深，豈問忘與憶。

是身何曾動，忽然超八極；

祇言半窗間，不是華胥國。

〈讀退之李花詩〉

桃李歲歲同時並開，而退之有『花不見桃惟見李』之句，殊不可解；因晚登碧落堂，望隔江桃李，桃皆暗，而李獨明，乃悟其妙。蓋炫晝縞夜雲。

近紅暮看失臙脂，遠白宵明雪色奇。

花不見桃惟見李，一生不曉退之詩。

〈七月二十三日題李亨之墨梅〉

夏熱秋逾甚，寒梅暑亦開。

無塵管城子，幻出雪枝來。

〈田家樂〉
稻穗登場穀滿車，家家雞犬更桑麻；
漫栽木槿成籬落，已得清陰又得花。

〈過上湖嶺望招賢江南北山四首〉（錄一）
曉日秋山破格奇，青紅明滅舞清漪；
畫工著色饒渠巧，便有此容無此姿。

〈下雞鳴山諸灘望柯山不見三首〉（錄一）
莫怯諸灘水怒號，下灘不似上灘勞；
長年三老無多巧，穩送驚湍只一篙。

〈跋徐恭仲省幹近詩三首〉（錄一）
傳派傳宗我替羞，各家各自一風流；
黃陳籬下休安腳，陶謝門前更出頭。

像這類都顯得很正派，大雅，但又絕不板起面孔、正襟危坐的樣子說話，所以可貴，可親可敬。昔賢有云：「雅而未正猶可，正而不雅，去俗幾何！」誠齋自己說過：「古人之詩天也，今人之詩，人焉而已。」有人說這「不似講翻案法者。」按，講翻案法，本是誠齋深一層的用心所在，誠齋晚年有〈讀張文潛詩〉：「晚愛肥仙詩自然，何曾繡繪更琱鐫；春花秋月冬冰雪，不聽陳言只聽天。」「山谷前頭敢說詩，絕稱『漱井掃花』詞；後來全集教渠見，別有天珍渠得知？」這也正是誠齋的心得。

〈題浩然李致政義概堂〉

非俠非狂非逸民，讀書謀國不謀身；

一封北闕三千牘，再活西州六萬人！

雨露曉從天上落，芝蘭親見掌中新；

仁心義概絲綸語，長掛巴山月半輪。

按，宋儒的「變化氣質」是最高境界，所指自然，是文化教養的結果。

至於笑，誠然是誠齋的本色：

〈含笑〉

大笑何如小笑香？紫花不似白花妝；

不知自笑還相笑，笑殺人來斷殺腸！

這就純粹是玩笑詩了。假如一個人做詩能做到不像作詩，倒像遊戲，是值得人們讚美的！

讓我們共欣賞誠齋真正的笑的詩，除了說純係寓莊於諧，再沒有別的雜質了：

〈春菜〉

雪白蘆菔非蘆菔，吃來自是辣底玉；

花葉蔓青非蔓青，吃來自是辣底水；

三館宰夫傳食籍，野人蔬譜渠不識。

用醯不用酸，用鹽不用鹹。
鹽醯之外別有味，薑牙棖子仍相參；
不甑亦不釜，非烝亦非煮，
壞盡蔬中腴，乃以煙火故。
霜根雪菜細縷來，瓶瓶夕冪朝即開。
貴人知我不官樣，肉食知我無骨相；
衹合南溪嚼菜根，一尊徑醉溪中雲。
此詩莫讀恐饕殺，要讀此詩先括舌！

〈晚寒題水仙花並湖山三首〉（錄一）
鏈句爐槌豈可無，句成未必盡緣渠；
老夫不是尋詩句，詩句自來尋老夫。

〈泊平江百花洲〉
吳中好處是蘇州，卻為王程得勝遊；
半世三江五湖棹，十年四泊百花洲；
岸傍楊柳都相識，眼底雲山苦見留！
莫怨孤舟無定處，此身自是一孤舟。

〈鵝篆灘〉
不傳右軍字，且留房相池；
新雛黃似酒，把酒看群嬉。

〈無熱軒〉
南北與東西，溪光仍樹色；

人間無熱軒，物外清涼國。

（陸龜蒙詩云溪山自是清涼國）

〈梨花原〉

禁火曉未暖，踏青昏恰歸；

何堪一原雪，將冷入春衣！

〈歲寒亭〉

冷笑元無味，孤高別有心；

誰將桃李眼，雪裏鮮相尋。

誠齋是善笑的詩人，他的笑意往往啟人會心的微笑，他的笑意與末世「打油」詩固然相去不啻天壤之別。但我們須要注意的是，它們相去又不過只一發之間隔；特別值得用心的是：即冷嘲（「冷笑」）他都不大熱心，誠齋的詩確實近似「熱諷」。這應該是我們對誠齋之笑的起碼的認識。誠齋之笑是富有慧心的。

最後，請容許再抄幾首真實的笑詩，作為結束：

〈轎中看山〉

買山安得錢，有錢價不賤。

住山如冠玉，人見我不見。

世言遊山好，一峰足雙繭；

峰外復有峰，歷盡獨能徧。

不如近看山，近看不如遠；

請山略退步，容我與對面。
我行山忻隨，我住山樂伴；
有酒喚山飲，有蔌分山饌。
隔水絕高寒，縈雲偏蒨絢。
雨滋青彌深，日炫紫還淺。
端居忽飛動，遐逝即迴轉；
孤秀呈復逃，層尖隱還顯；
掇入轎中來，置在幾上玩。
略行三兩驛，已閱百千變；
非我去旁搜，皆渠來自獻。
寄言有山人，勿賣亦勿典；
金多汝安用？價重山亦怨！
估若為我低，傷廉又非願。
山已在胸中，豈複有餘羨？
羨心固無餘，更借山一看。

〈天絲行〉

天孫嬾困抛雲機，卻倩月姊看殘絲；
玉兔偷將乞風伯，和機失卻天未知。
風伯得絲那解織，未嘗躬桑那解惜。
掀髯一笑戲一吹，散入寒空收不得。
曉來翠嶺瑩無痕，片雲忽裂落嶺根。
須臾吹作萬縷銀，乃是天絲不是雲。
遠山成練不曾捲，近林成紗未輕剪。
坐看斜飛拂面來，分明是絲尋不見。

元來著面化為水，是水是絲問誰子。

〈怪菌歌〉

雨前無物撩眼界，雨裏道邊出奇怪；
數莖枯菌破土膏，即時與人一般高。
撇開圓頂丈來大，一菌可藏人一個。
黑如點漆黃如金，第一不怕驟雨淋。
得雨聲如打荷葉，腳如紫玉排粉節。
行人一個掇一枚，無雨即合有雨開。
與風最巧能向背，忘卻頭上天倚蓋。
此菌破來還可補，只不堪餐不堪煮。

〈安樂坊牧童〉

前兒牽牛渡溪水，後兒騎牛回問事；
一兒吹笛笠簪花，一牛載兒行引子。
春溪嫩水清無滓，春洲細草碧無瑕。
五牛遠去莫管他，隔溪便是群兒家。
忽然頭上數點雨，三笠四蓑趕將去。

〈明發四望山過都昌縣入彭蠡湖〉

眾船爭取疾，直赴兩山口；
吾船獨橫趨，甘在眾船後。
問來風不正，法當走山右；
不辭用盡力，要與風相就。
忽然掛孤帆，吾船卻先走。

凡此，讀之都令人深感啟人心智，心花怒放。誠齋之筆墨誠有如兔起鶻落，鳶飛魚躍之感。誠齋笑的詩，其笑令人怡悅，並不是使人捧腹大笑而快樂，譬俗文學之有「相聲」：這一點必須辨識清楚。故知，笑，非詩之背景，笑的詩之背景是頭腦，是思致，是機智。一旦我們讀另外一種「不笑」的詩，便更能加倍地看清我們對「笑的詩」的識辯是多麼必要了。這裏仍舉例言之：

〈雨後泊舟小箬回望靈山〉
靈山相識已平生，雨後精神見未曾；
一朵碧蓮三萬丈，數來花片八千層；
雲姿霧態排天出，竹杖芒鞋欠我登；
羨殺峰頭頭上寺，厭山不看是諸僧。

〈讀唐人於濆、劉駕詩〉
劉駕及於濆，死愛作愁語，
未必真許愁，說得乃爾苦。
一字入人目，蜇出兩睫雨；
莫教雨入心，一滴一痛楚！
坐令無事人，吞刃割肺腑。
我不識二子，偶覽二子句，
兒童勸莫讀，讀著恐愁去。
我云寧有是，試讀亦未遽。
一篇讀未竟，永慨聲已屢！
忽覺二子愁，並來遮不住！
何物與解圍，伯雅煩盡語。

〈送邱宗卿帥蜀三首〉（錄一）

諭蜀宣威百萬兵，不須號令自精明。

酒揮勃律天西椀，鼓臥蓬婆雪外城。

二月海棠傾國色，五更杜宇說鄉情。

少陵山谷千年恨，不遇邱遲眼為青！

這些詩，可以謂之唱歎了！

按，紀曉嵐批語曰：「三詩俱好。此首尤佳！誠齋極謹嚴之作。五、六豔而警。」

上述多係〈朝天續集〉、《江東集》裏的詩。此後誠齋就不再出山了。寧宗慶元元年（1195）有召，辭不赴。五年，遂謝祿致仕。開禧元年，召赴京，復辭。二年（1106）升寶謨閣學士。是年卒。年八十整。最後約十四年有《退休集》，獨無序。恐非經誠齋手訂者。——誠齋詩九集，計共四千首有奇。全集百卌三卷，今存。

九、誠齋家居

誠齋末集曰「退休集」，包括紹熙四年癸丑（一一九三）——至開禧二年丙寅（一二〇六），即誠齋六十七歲至八十歲，共十四年的詩。前八集皆有小序，《退休集》獨無序。想見索然無味，也未可知。

這裏我們很自然地碰上了一個新的課題：即一個人寫了一輩子詩，是否應該是最後的詩最好？也即是說是否藝術的頂峰真的像山嶺一樣頂峰也在最高處，即最後的時間才是？自然「頂點倒降」者以及以「少作」為佳勝者不算，我們講的是通常的光景。

我的答覆是，要按照各個個人的狀況，分別來看，像其他事物一樣，並無一定的規律可言，有規律也是暫時適用的，絕對不能一成不變。「變」自身也未必即使規律，因為假如有二三人相似，雖大同小異，也就不成其為規律了。譬如杜少陵詩，他的詩的藝術最佳勝，寫來最有把握，但他的詩的最高成就是七五九，即少陵一生最堅苦的一年，這一年他寫了〈三吏〉、〈三別〉以及隴右所作，少陵時年四十八歲。（注）所謂「夔州以後詩」，為山谷盛稱；朱子（一位對《詩經》、《楚辭》都有極大鼓吹貢獻的哲人）比之於「掃殘毫穎」。按，生硬頹禿，無礙其為大家、不當於多人有「益」與否為標準與尺度。……

在這個意義上，讀誠齋詩也可以參考之。

誠齋說：「好詩排闥來尋我，一字何曾愁白髮。」誠齋絕對不會冤人。他的實感如此，請看這首詩：

〈至後十日雪中觀梅〉

小樹梅花徹夜開，侵晨雪片趁花回；

即非雪片催梅發，卻是梅花喚雪來。

琪樹橫枝吹腦子，玉妃乘月上瑤台。

世間除卻梅和雪，便是冰霜也帶埃！

有人評論說：「此《退休集》詩，最為老筆，千變萬化，橫說直說。學者未至乎此，不便以為率。」

「退休」了，不致永遠在奔波勞碌，千辛萬苦，在行役中作著行旅、遊覽之作了。「退休」了總該要比較安定些，雖然臨終前猶為國是深感氣憤，但絕大多類的時間是空閒的，更適宜做詩吧？

* * *

「退休」，在誠齋是十分在意，經心的事，有詩為證：

〈東園幽步見東山四首〉

其一

日日花開日日新，問天乞得自由身；

不知白髮蒼顏裏，更看南溪幾個春？

其二

何曾一日不思歸，請看誠齋八集詩；

得到歸來身已病，是儂歸早是歸遲？

其三

為愛東園日日來，未曾動腳眼先開；

南溪頃刻都行遍，更到東園頂上回。

其四

天賜東園食實封，東山加賜在園東；

東山山色渾無定，陰處青蒼曬處紅。

安定是安定，但決非過著養尊處優的生活，也很明顯。有時甚至對自己作為詩人也感到不自滿意：如〈初夏即事〉：

旋作東陂已水聲，才經急雨恰新晴；

提壺醒眼看人醉，布谷催農不自耕！

一似老夫堪餓死，萬方口業拙謀生。

嘲紅侮綠成何事，自古詩人沒一成！

周益公及其牛與誠齋是〈三老圖〉中的人物，我們作為旁觀者來看看誠齋的處境：

〈上巳日周丞相少保來訪敝廬留詩為贈〉

楊監全勝賀監家，賜湖豈比賜書華；

四環自闢三三徑，頃刻常開七七花；

門外有田聊伏臘，望中無處不煙霞。

卻愁下客非摩詰，無畫無詩只謾誇。

語云：「旁觀者清」，正是這樣，誠齋的詩的源泉才不致枯涸。不但此也，我們終於瞭解到誠齋對詩的態度是何等的認真與嚴肅，這才是他的玲瓏寶塔的堅固的基礎：

〈夜讀詩卷〉
幽屏元無恨，清秋不自任；
兩窗兩橫捲，一讀一沾襟！
秪有三更月，知予萬古心，
病來謝杯杓，吟罷重長吟。

誠齋自重如此。

又，〈又自贊〉云：

清風索我吟，
明月勸我飲；
醉倒落花前，
天地即衾枕。

*　　*　　*

清詩人漁洋山人有〈吉水絕句〉：

螺川川北字江西，沙暖舟喧咫尺迷；
才過元宵如上巳，春山處處郭公歸。

注云：「吉水，在縣東北十里，此水源出。有波文，成吉字。」（見《樂史寰宇記》）
自注云：「文江一名字江。」

《吉安志》：

螺湖繞府城西北而東流入贛江。

又，〈吉水道中望楊誠齋故居〉：

江行盡日愛清暉，峽遠江平碧四圍；
幾處峰青臨水照，一群魚翠拂船飛；
雲陰澹澹將成雨，嵐氣濛濛欲濕衣；
髣髴南溪楊監宅，蒼苔白石繞巖扉。

「江淮有水禽號魚虎，翠羽而紅首。崔德符詩：翠裘錦帽初相識，魚兒灣環掠岸飛。」見周少隱《竹坡詩話》。「誠齋自秘書監退休南溪，老屋一區，謹庇風雨。」見《鶴林玉露》。

按，誠齋《退休集》四一，有〈謝蘇州使君張子儀尚書贈衣服送酒錢〉，詩末自注云：「南溪，僕所居村名，『竹煙波月』，用來教語。」詩云：

香山老益窶，欲賣宅與田；
荊南贈春服，侍中送酒錢。
何如韋蘇州，一日兼兩賢：

酒錢隨春服，並至南溪邊。
寄物已不輕，意更在物先；
僕也拙生理，巧亦營不前。
病廢非為高，拋官十餘年。
紙田蝸牛廬，縱賣誰作緣？
故人豈云少，袞袞青雲端；
王弘不可作，范叔空自寒。
忽覽蘇州書，冷窗回春暄。
急褫九月絺，徑追八酒仙。
竹煙為我喜，波月為我妍。
籬菊凍不花，一笑亦粲然。
醉中化為蝶，飛隨虎丘山；
齊雲已在眼，忽然遠於天。

一結奇肆之極，果是「退休」後筆墨老到之作，但依舊是「活法」的產物，並無老手頹唐之嫌。

以上，是誠齋最後十年有奇的詩作的背景，他的南溪「老屋一區，僅庇風雨」，生活是比較清貧的。

此時，誠齋詩已臻完全成熟。我以為即笑與「不笑」也都不在話下了，雖然它是從那裏發展起來的。

〈南齋前眾樹披狂，紅梅居間不肆，因為翦剔〉
道是司花定有神，元來造化是詩人；
掃除碧樹無情碧，放出紅梅恣意香。

此類小詩，顯然並不衰頹。——

〈嘗桃〉

金桃兩釘照銀盃，一是栽來一買來；

香味比嘗無兩樣，人情畢竟愛親栽。

〈賞菊四首〉（錄一）

老子生平不解愁，花開酒熟萬年休；

若教不為黃花醉，枉卻今年一片秋。

〈白菊二首〉（錄一）

白菊初開也自黃，開來開去白如霜；

小蜂凍得針來大，不怕清寒嗅冷香。

〈八月十三日夜望月〉

才近中秋月已清，鴉青幕掛一團冰；

忽然覺得今宵月，元不粘天獨自行。

〈蛩聲〉

誠齋老子一歸休，最感蛩聲五報秋；

細聽蛩聲元自樂，人愁卻道是他愁。

〈蒲魚港〉

蒲牙長幾何，已足庇玉尺；

只恐如主人，潛逃逃不得。

〈暮春即事〉

花時追賞夜將朝，花過癡眠日盡高；

又與山禽爭口腹，執竿挾彈守櫻桃。

〈詠荷花中小蓮蓬〉

山蜂怕雨損蜂兒，葉底安巢更倒垂；

只有荷蜂不愁雨，蠟房仰臥萬花枝。

〈上元前一日遊東園看紅梅〉

欲折紅梅朵，看來不忍攀；

週迴尋四處，恰得一枝繁。

〈至後入城道中雜興〉

大熱仍教得天晴，今年又是一升平；

升平不在簫韶裏，只在諸村打稻聲。

〈甲子春初即事六首〉（錄二）

其一

只有觀書樂，其如病眼何；

但令吾意適，不必卷頭多。

其二

人怨花遲發，天教暖早催；

不知要催落，卻道要吹開。

〈二月十四日曉起看海棠八首〉（錄一）

除卻牡丹了，海棠當亞元；

豔超紅白外，香在有無間。

〈立春日〉

何處新春好，深山處士家；

風光先著柳，日色款催花。

〈落花〉

紅紫成泥泥作塵，顛風不管惜花人；

落花辭樹雖無語，別倩黃鸝告訴春。

〈初夏病起曉步東園二首〉（錄一）

病起烏藤強自扶，三三徑裏曉晴初；

鶯聲只在花梢上，行去行來不見渠。

我們看到，誠齋垂老，興致依舊那麼高，設想那麼美妙自然。此外，他不但記得古今人物，而且依舊還記得兒童，誠齋心中似乎掛念著後者。

又，此外，我還發現誠齋寫了些怪奇之作，這就逸出幽默的範圍了。下面依次舉例以明之：

〈答賦永豐宰黃岩老投贈〉

吾友蕭東夫，今日陳後山，

道腴詩彌瘦，世忙渠自閒。

不見逾星終，每思即淒然。
都邑黃永豐，與渠中表間，
黃語似蕭語，已透最上關。
莫道不是蕭，蕭乃墮我前。
佳句鬼所泣，盛名天甚慳。
詩人只言點，犯之取饑寒；
端能不懼者，放君據詩壇。

〈謝張功父送近詩集〉
十年不夢軟紅塵，惱亂閒心得我嗔。
雨夜連繙約齋集，雙眸再見帝城春。
鶯花世界輸公等，泉石膏盲歎病身。
近代風騷四詩將，非君摩壘更何人！

（四人：范石湖、尤梁溪、蕭千岩、陸放翁。）

〈寄張功父、姜堯章，進退格〉
尤蕭范陸四詩翁，此後誰當第一功？
新拜南湖為上將，更差白石作先鋒。
可憐公等俱癡絕，不見詞人到老窮；
謝遣管城儂已晚，酒泉端欲乞移封。

（功父詩號「南湖集」，堯章號白石道人。）

〈跋寫真劉敏叔八君子圖〉

一代一兩人，國已九鼎重；

如何八君子，一日集吾宋！

古人三不朽，諸老一一中。

久別不相逢，相對恍如夢。

〈讀白氏長慶集〉

每讀樂天詩，一讀一回好；

少時不知愛，知愛今已老。

初哦殊歡欣，熟味忽煩惱；

多方遣外累，半已動中抱。

事去何必追，心淨不須掃；

追歎欲掃愁，自遣不自擾。

不如卷此詩，喚酒一醉倒。

狂歌謫仙詩，三杯通大道。

〈端午病中止酒〉

病裏無聊費掃除，節中不飲更愁予！

偶然一讀香山集，不但無愁病亦無！

下面讓我們再看看誠齋對兒童是如何念念不忘的：

〈與伯勤、子文、幼楚同登南溪奇觀，戲道旁群兒〉

蒙松睡眼熨難開，曳杖緣溪啄紫苔；

偶見群兒聊與戲，布衫青底捉將來！

〈歸路過南溪橋二首〉（錄一）

霜風一動嶺雲開，雲外樵歌暮更哀；

童子隔溪呼伴侶，並驅水牯過溪來。

〈觀社〉

作社朝祠有足觀，山農祈福更祈年！

忽然簫鼓來何處？走殺兒童最可憐！

虎面豹頭時自顧，野謳市舞各爭妍。

王侯將相饒尊貴，不得渠儂一餉癲。

〈讀張文潛詩二首〉

其一

晚愛肥仙詩自然，何曾綉繪更雕鐫。

春花秋月冬冰雪，不聽陳言只聽天。

其二

山谷前頭敢說詩，絕稱漱酒掃花詞。

後來全集教渠見，別有天珍渠得知。

誠齋依舊不能忘情於他的笑：

〈夏夜露坐二首〉（錄一）

山翠都成黑，天黃忽復青；

月肥過半壁，雲瘦不遮星。

瓦鼓三四隻，村酤一兩瓶；
人皆笑我醉，我獨笑渠醒。

〈二含笑俱作秋花〉
秋來二笑再芬芳，紫笑何如白笑強？
只有此花偷不得，無人知處忽然香。

像「紫笑」「白笑」，以及下面的「雞笑」這類創造性，較諸飛卿著名的「淺笑」要大膽得多了！雞鳴本有曰「雞啼」的，而誠齋曰「雞笑」，殊特耐人尋味了！

〈寒雞〉
寒雞睡著不知晨，多謝鐘聲喚起人；
明曉莫教鐘睡著，被他雞笑不須嗔。

〈重九後二日同徐克章登萬花川谷月下傳觴〉
老夫渴急月更急，
酒落杯中月先入；
領取青天併入來，
和月和天都蘸濕。
天既愛酒自古傳，
月不解飲真浪言。
舉杯將月一口吞，
舉頭見月猶在天。
老夫大笑問客道，

月是一團還兩團？
酒入詩腸風火發，
月入詩腸冰雪潑。
一杯未盡詩已成，
誦詩向天天亦驚。
焉知萬古一骸骨，
酌酒更吞一團月。

像這樣特殊幽默，如果讓愛月亮的李白看到了，豈不將加倍的指出「飯顆山頭」的苦吟者，是更加消瘦了？故知有人把誠齋與李白相比，確實是其為相宜的。

最後我們應該看到像誠齋笑謔對他的品格的嚴肅端正，絕無抵觸之處，這位罕見的中國唯一的幽默詩人對政事十分關心，且有定見。誠齋祭尤延之云：

齊歌楚些，萬象為挫；瓌瑋譎詭，我唱公和。放浪諧謔，尚及方朔；巧發捷出，公嘲我酢。

誠齋是此心光明，絕無陰暗的。但是，〈餘冬序錄〉的記載說：

侂胄權日盛，遂憂憤成疾。家人不敢進邸報，適族子自外至，言侂胄近狀，誠齋痛哭！呼紙書曰：『奸臣專權，謀危社稷；吾頭顱如許，報國無路，惟有孤憤！』別妻子，筆落而逝。（《南宋雜事詩注》）

一代偉大的幽默詩人之死，就是這樣既鄭重，又潦草！

十、怪異之作及其他

筆者發覺誠齋有三種怪詩，一種是我們也許要怪誠齋會關心到此瑣屑事。一種詩不過寫得「怪麗」而已。又一種是誠齋的見地非常令人感到特異，我們不能通懂，一方面又難於接受。今依次舉例說之：

第一種：

〈十山歌呈太守胡平一〉

螺岡市上，惡少為群，剽掠行旅，民甚病之！太守寺正胡公，命賊曹禽其魁，杖而屏之遠方；道路清夷，遂無豺虎。塗歌野詠，輒摭其詞，檃括為山歌十解，庶採詩者下轉而上聞云。（錄一）

群盜常山蛇勢如，一偷捕獲十偷扶；
十偷行賂一偷免，百姓如何奈得渠。

我認為這是誠齋誤以為詩的功用無所不在，無論什麼都可以作為詩材，這樣自然是不成的。社會治安當係政治大事之一部分，但此種關乎實際措施的問題，詩人也去伸入一隻腳，有何必要呢？而美其名曰「山歌」，實際令人莫解。

第二種：

〈夏至雨霽與陳履常暮行溪上二首〉（錄一）

西山已暗隔金鉦，猶照東山一抹明；

片子時間無變色，乍黄乍紫忽全青。

寫色彩夠怪麗的！

〈秋日早起〉

雞鳴鍾未鳴，不知響晨否？

起來恐驚眾，未敢啟戶牖。

殘燈吐芒角，上下雨銀帚。

定眼試諦觀，散作飛電走。

〈晚飲〉

大醉或傷生，不醉又傷情；

此事兩難處，後先有重輕。

醉後失天地，餘生抵浮萍。

愁城不須攻，醉鄉無此城！

此種■[5]想頗近現代怪奇幻美風格，便不復是幽默範圍所有的。此種詩散在誠齋九集裏，這裏不便一一標舉，茲再錄一首如下：

第三種，是一首特特異的詩，值得研究：

〈與長孺共讀杜詩〉

病身兀兀腦岑岑，

偶得兒曹文字林；

5 原稿此字難以辨識，暫闕。

一卷杜詩挼欲爛，
兩人齋讀味初深。
斲肝枉卻期千載，
漏眼誰曾更再尋；
筆底奸雄死猶毒，
莫將饒舌泄渠心。

這是什麼意思呢？我慚愧讀不懂，不識何所謂？——我寧願留此一個問題，不求答覆，由誠齋的詩作一條不見尾的神龍吧。

按，從來有反對杜甫的人，一些詩論家有的雖反對杜甫，但終於被認為是杜甫的知己，如朱瀚就是。這裏誠齋顯然亦是看穿了老杜的某種深刻的情思——究竟它是什麼，可惜筆者無從說起罷了。

這是否關乎詩人之死呢？很難說。

我們不能從猜測上論述什麼，故終於只好是從略了。耒陽一案至今聚訟未已，益可哀矣！

*　　*　　*

我補讀許多詩人的專集時，發見在詩之外，他們都能寫一筆很好的論文，不像杜甫那樣詩文差別那麼大；陶淵明蘇東坡詩全材，不必說了，我讀秦少游，張耒，發見他們都能有所論述，都曾使我獲益非淺！南宋如陸游、辛棄疾各有自己的長處，他們在大量的詩或詞之外，都寫了不朽的散文著作。

誠齋除了著名的《千慮策》、《庸言》，還有更完整的《心學論》（包括〈六經論〉與〈聖徒論〉）。都是極用心的著述。這裏隨手摘其《庸言三》之一、三、六，三條錄如下：

或問知變化之道，何謂變化？楊子曰：榮變而枯，末離而本不離；鬒變而素色改，而質不改；此變也。鷹化為鳩，見鳩不見鷹；草化為螢，見螢不見草；此化也。變者，跡之遷，化者，神之逝。

（一）

楊子曰：國家之敗，其敗者敗之歟？抑亦與者敗之歟？家有範，人有表；範完而表端，罔或虧側矣。唐太宗謂其子曰：吾有濟世之功，是以縱欲而人不議；然則，敗唐者，高宗也，而非高宗也。

（二）

楊子曰：天行健，君子以自強不息；地勢坤，君子以厚德載物；非贊天地也，以天地責諸身也。

此類說理文字，均極精煉，讀之如食諫果，而諫果回甘。全無讀了等於不讀。

有時讀罷未甚苦，並不其甘如薺，則「此是廬山雲霧茶」也！我也來舉一個例，如《千慮策‧治原》上文中有云：

天之生萬物者，春也。而生春者，非春也；日之明萬物者，晝也；而生明者，非晝也。春不能生春，則生春者冬也；晝不能生晝，則生晝者夜也。

冬者，天之暇，而夜者，日之暇；然則，和者，戰之暇也歟？

雖然，為國者患無其暇，亦患有其暇；有其暇者而用其暇者，暇也。有其暇而安其暇者，偷也。是故暇能福人之國，亦能禍人之國。孟子曰：「國家閒暇，及其時，明其政刑，雖大國必畏之。」此用其暇者也。又曰：「國家閒暇，及其時，槃樂怠傲，是自求禍。」此安其暇者也……

又云：

夫無暇則憂，有暇則休；天下之事，百變如雲，萬轉如輪；一旦敵人又動，則又曰無暇；目不知法度紀綱教化刑政之具所以開中興、起太平者，何時而議哉？詩云：『淇則有岸，濕則有畔』；今欲治而茫無畔岸，及欲不懼，得乎？

像這樣有所用心的文章，足以說明我們的罕見的幽默詩人的心胸，天地是多麼廣闊，是多麼淳樸了。

我們這裏不能論「文」，尤其不能談政，筆者並無意於說那等於談龍說虎，不是的。我們的「岸畔」在於介紹一位南宋與哲學有關係的詩人，簡單地談談他的特色，也不能很詳瞻，如此而已。

十一、小結

近人錢默存先生說：

> 放翁萬首，傳誦人間；而誠齋諸集，孤行天壤間數百年，幾乎索解人不得，……（談藝錄一三五頁）

又：「近人陳石遺先生亦最嗜誠齋，詳見其《詩話》及〈藝談錄〉。」——換一句話說，即直至清末民初間「宋詩運動」興起，誠齋詩始重見天日。錢氏又云：

> 至作詩學誠齋，幾乎出藍亂真者，七百年來，唯有江弢叔；張南湖雖見佛，不如弢叔之如是我聞也。世人謂〈伏敔堂集〉出於昌黎、東野、山谷、後山，盡為彭文敏李小湖輩未定之論所誤耳。」（同上）

予三十八歲時偶在坊間得覩徐山氏重刻本《誠齋詩集》，經目經心，竟未能及時買歸，終於失之交臂！正是這個原因促使我於有生之年，最後寫此《誠齋評傳》，雖不成功，亦所不悔也。清潘定桂《讀誠齋詩集九首》，第九首末云：「辛苦山民收拾去，誠齋千古一功臣！」原注云：「先生詩集久零落，自吳江徐山民重刻，始見全集。事詳本集自序。」（《楚庭遺集》後集卷十九）

清於源《鐙窗瑣錄》卷六：

「郭頻伽丈嘗選輯《誠齋詩集》。丹叔手錄一過，《靈芬山矠集》集中頗自衿賞。徐山民待詔刻之。今年始從趙靜香丈乞得一部，並索山民遺詩，不得，甚悵悵。頃於味梅處得鈔本數十葉，亦足見一斑。山民親炙隨園，不染其派，最為有識。錄其「《誠齋集》付梓將竣，過昆陵謁趙雲菘觀察求序，不值，舟中題《甌北集》後」云：

未瞻公面公詩，何異親承王塵時；古語何妨隨手拾，坡仙可奈繫人思。藥方不死都經驗，刪罷長吟只自知。旗鼓只今誰可敵，倉山縹緲[6]鶴遲。

范陸蘇楊並世傳，誠齋何獨佚遺編？宣揚定自廣長古，淹久如傷遲暮年。弁首文誰能下筆，當今公不愧先賢。校讎豈少烏焉誤，可惜猶慳問字緣。」（轉句自湛之編〈楊萬里范成大卷〉）

我抄錄這一段記載就只是為了彌補我的過失，但也是對徐山民的尊敬。其實歷代都不乏欣賞誠齋的人，其中也有的還富有情趣，例如宋之方嶽的兩個夢，就十分引人入勝，今先錄其一之詩題云：「夜楚至何許，岩壑深窈，石上苔痕隱起如小篆。有僧謂予曰：『楊誠齋、范石湖題也。』明日讀洪舜俞〈登玲瓏〉詩，有：『幾人記曾來，老苔蝕瑂鎪』之句，恍然如夢，因次韻記之。』詩長不錄。又一首云：

「夢放翁為予作貧樂齋扁，誠齋許畫齋壁，予本無是齋，亦不省誠齋之能畫也。」詩云：「晴窗欲曉鳥聲春，喚起黎床入定身；

6 此處疑脫漏一字。

老去不知三月暮，夢中親見兩詩人。」（《秋崖先生小稿》卷五）可入人夢，從誠齋這方面說，可以說是深入人心了。

還有清全祖望〈寶甈集序〉，曾給我們以很大的啟發，今節錄如下：

「因念世之操論者，每言學人不入詩派，詩人不入學派；吾友杭堇浦亦力主之。余獨以為，是言也，蓋為宋人發也，而殊不然。張芸叟之學出橫渠，晁景迂之學出涑水，汪清谿、謝無逸之學出於榮陽呂侍講，而山谷之學出於孫莘老，心抑於范正獻公醇夫，此以詩人而入學派者也。楊尹之門，而有呂紫微之詩，胡文定公之門而有曾茶山之詩，湍石之門而又尤遂之詩，清節先生之門而有楊誠齋之詩，此以學人而入詩派也。」（《鮚埼亭集》卷卅二）這一段歷史上發生過的實例，使我頓開茅塞！我終於弄明白了，徒有詩才而無詩學是終不能有所成就的！自然，有所謂「學人之詩」，此種名詞未免過於刺戟，是不足取的。

誠齋詩有「創造性」本是我們的大傳統所有的，但以誠齋之才，如果無「學」以副之或作他的背景，他的詩方不能說是「罕見的」。——為什麼我終於要把「唯一的」換上「罕見的」，鄙意倒並不在於有王季重在我心目中占了地位的緣故，王季重的詩實在並不幽默，他只是個幽默者（人）。這就是我的題解了。

陳石遺先生評誠齋〈峽山寺竹枝詞〉（「一灘過了一灘奔」），「末句用吞筆，似他人所未有。」確是眼光犀利。然譬如書法，清錢南園（灃，字東注，昆明人。）之學顏逼肖，而其特長，與他學顏有別，他人只知聚，不知散；只知含，不知拓；南園是散拓兼之。此種兼顧，不僅是心得，其來源是書法有道，即是學。

我所欽佩的就在於，誠齋是「理學」之徒，而他是詩人，故無「道學」頭巾氣，而具備了「理氣」的正氣。故他之愛社稷，愛人，惡人，均不下於放翁。放翁自道云：「我不如誠齋，此論天下同。」這裏適足以見放翁的謙虛與誠摯，殊不可及也。反過來看，誠齋對放翁是非常尊敬愛護的。兩家詩文俱在，這裏就不復饒舌了。

一九八三年八月卅日上午草成，於北京棎西精舍

笑與「不笑」（誠齋評傳）後序

予四讀誠齋詩，乙未、庚子、己酉、壬子，其間有詳有略；癸亥新秋即據已往四讀草成《笑與「不笑」》，自然是草率得很。

己酉燈節之夕，〈題誠齋序文〉，其辭云：

昔能悔悟今來變，城市山林兩得之；
一世莊諧離俱美，雜陳僅可在言詞？

「江湖」有悔，「荊溪」有悟，「南海」有變，見集序。又嘗云：「心在山林而人在城市，是二者常巧於相違而喜於不相值」云云。

又跋云：嘗擬草誠齋評傳，未果，僅率成小詩數首，殊無謂，旋棄之。己酉上元日，偶晚入寢，飲茶，讀誠齋各集小序，看似草草，實極灑脫。讀山谷〈小山詞序〉，張文潛〈賀方回樂府序〉，元倪雲林〈謝仲野詩序〉，皆有同感。因思古之君子，信不可及！遂揮毫草二十八字。可者不可也。蓋枯桑海水之體如此。青榆於北京櫟西精舍。

〈壬子驚蟄〈讀誠齋文二首〉〉

其一

誠齋文妙掩於詩，秋雨謀篇賦九思；

逝水悠悠千載下，吾廬雖破尚微辭。

其二

誠齋文妙掩於詩，人物東南想見之；

白醉窗前浮白墮，黃明塞上望黃芝。

癸亥春夏之交，海外潘盧之先生[7]受贈予詩及書，作〈櫟西精舍筆談三首〉（誠齋體）：

其一

想見先生藝拂颸，南園散拓總兼之；

生熟橫逆從心欲，彷彿夔州以後詩。

其二

太陽系並非宇宙，十二生肖特怪奇，

牛馬澂呼況鳥獸，琴心有趣豎橫宜。

（豎，指壁畫《奧菲西斯與畜生》。）

其三

公書端勁出真卿，散拓兼之謂善評；

果作誠齋「活法」看，枯枝斜掛死蛇傾。

---

[7] 潘盧之，即潘受，原名國渠，字盧之。1911年生於中國福建南安縣，年輕時赴南洋，後長住新加坡，為新馬書壇著名書法家和詩人。作者晚年曾與之通信交往。

（三句說虛之先生，第四句說自己。七絕有此一體。）

這是我第一次用誠齋讚美人，而且是以詩比書法，因為此刻《笑與「不笑」》即將結束了。換一句話說，我的這本小書於現實似乎還不致不著邊際吧？

因將歷次用心貫串起來，權且算作後序即自序可也。

一九八三年八月廿七日，皀白老人於北京無春齋。

梅花依舊

——一個「大時代的小人物」的自傳

獻給

母親在天之靈

目次

一、「梅花依舊」

（一九八二、十一、廿九，午後始）

家中藏書，殘存的一部分裏，有《小滄溟館詩集》，朱瀚著，朱瀚是何許人呢？也許是厥性好罵，他即是對杜甫毫不客氣的批評者之一。這且不多提及。

朱瀚有一首七律是讚頌張大復《梅花草堂筆談》二談，其題甚長，曾抄下來，今已不易撿尋，「二談」亦不識何所謂；惟記其詩結穴云：「二百年來談寂寂，梅花依舊草堂空！」確可以說是一唱三歎了！（至此午夢）

我是一個多病的人，嘗擬就《筆談》中述疾之談多條勒為一書，數量不算小，而有志未逮。石湖詩之所以常置案頭者，並不是因為他位高而又能發展了田園詩，也是知道石湖是一個多病的詩人，豈企望同病相憐歟？

此刻輪自己來「知道你自己」了，慚愧得很，我能知道什麼呢？仙家葛洪云：「人不自知其老少痛癢之故！」我嘗想，在沒有解剖學的古中國，這真是一聲發自內心深處的極其痛苦的呻吟！雖「無病」何妨？因之，自覺我的打算以疾苦為中心畫弧的，寫一本一個大時代的小人物的「自傳」，也只不過是奢望而已。即使我懂些病理學，也許多多少少夾敘夾議的寫得出些可觀的東西，而實際上，我是如此無知，又如此不自量力，此非狂妄而何？故知，還不如誠實的寫一點回望錄了——

但我不喜官樣文章的臭味，故我願以借古酒杯法，採取「梅花依舊」作我回想的書題。上述便算是幾句類緣起的小文。下面將是一筆糊塗賬，一筆流水帳式的回想，我的私意是，很可能的顛倒衣裳的寫，即雜亂無章，而絕難望其為綠淨不可唾。我學詩前沒有在寫散文受過嚴格的訓練，這是我的遺憾，說不定將成為「飲恨」哩！嗚呼。

（傍晚至於此）

二、也是「梅花依舊」

（廿九燈下擬題，卅晨起，八時草）

讀詩史，於屈、陶、二謝、庾信、李、杜、溫、李、乃至元、白以及歷代諸大名家，我無不敬愛至極！但人性難免有其偏至，自覺對山谷、放翁，特感親切；幼時經名師指教，書法山谷，據說很有點意思，故終生不改。清代無名詩有兩句詩，曰：「書法黃山谷，詩學陸務觀」，嘗擬寫作對聯，常懸窗壁間，覺甚可喜也。可惜，觀字他讀錯了，平仄不能通用。放翁自己生前，就說到這一點，《梅磵詩話》云：「陸務觀母夢秦少游而生，因以其字為名，其名為字。史相力薦放翁賜第。其去國自是，一評王景文乃云：『直翁未了平生事，不了山陰陸務觀。』放翁見詩笑曰：『我字務觀，去聲，如何作平聲押！』」（轉引自《宋人軼事錄》編十七）因之，我只好割愛以免重蒙笑談。（不過近年來看影劇中，仍讀作平聲，似乎幾個世紀白白逝去，此非文化淺薄而何？更無論托翁所云靈氣飛舞也。

放翁愛梅，梅詩亦最美；我最喜讀這兩句：

孤城小驛初飛雪，
斷角殘鐘半掩門。

我想，就是最好的象徵派詩人或各種新派的詩人也未必能輕易超越過放翁詠梅之句。我自然不能絕對化，鄙意只不過是寫梅寫出了梅格與梅魂如此，怎麼能忍得住不來讚頌一聲曰絕妙好辭呢？

我每喜語人：家在江南，亦在江北（容在後面細談），然而向父親所曉諭的，十里乃至百里的梅花香林，那簡直是連做夢也做不到！故愛花光仁者墨梅的創造，蓋寺僧清貧，不好色，況香乎？故自知慚愧，絕不做梅詩。

家有舊《漢上消閒集》一部，似乎是一種詩刊性質的書，上面有父親的詩，書已散佚，今僅憶詠史有云：「國亂家何法，矯哉為誰欺！」類似老吏斷獄意味。又：「機杼聲中風滿樓。」斷句而已。也有母莊諱存英的詩，也只記得一句斷句：「消受一縈紅豆軟，」云云。但是母親的室名卻記得牢牢的，其辭云：「梅花深處碧雲樓。」因為這個室名，我還刻過「梅花老屋」的閒章，不過也沒有多用，蓋重在思念，非此文詞綺語事也。這就是「也是梅花依舊」的來源了。

母親二十多歲就逝世了！我想媽媽想了一輩子。除偶憶挨打瑣屑小事之外，也記得經過庭院，我怕黑，母親領著我，用手一扯，道：「有我哪！」這樣的親切的偉大的聲音！嗚呼。今年屆古稀，好聲猶在耳邊，並無任何種的風吹可以吹去。故雖不能詠梅，因為思念母愛，卻也按照王爾德的原則，打過謊語，有句云：

愛聽寒鴉足乳味，
江南梅早逸芳馨」（注）

這就是我最早的記憶，而今只成其為追逸而已。

鄙人平生服膺莊生一語：「嘉孺子而哀婦人」，我以為哲理深至，非他人能企及者。我以為與我的身世不無關係，隨即錄之以終此篇。

（卅午前十一時廿四分止）

注：懷念武昌皂角園梅花老屋（思親作也）

三、神秘的逃難

（卅午睡起來四時許始）

我常自嬉，謂家在江南也在江北；我個人卻生長於津沽與北京——我家寄籍是宛平。

摩詰云：「江南江北送君歸」，不幸，我卻從未到過江南，更不如說江北的如皋了。但我似乎有點冥頑不靈，並不覺其為憾事，那是因為我很愛北京——自然的老北京。

我於壬申（民廿一）夏回北京，其時古城地曠人稀，因為經濟重心南移，這裏早已是塞上塞下了。平常走過幾條胡同也瞧不見一個人影；站在白塔上縱觀，全城都在綠樹覆蓋下。天安門前，禦河橋南，白石鋪路，馬纓花清香沁人心脾，其細膩風光與前門箭樓之雄偉，不知何以那麼諧調！莊生云：「舊國舊都，望之暢然」，正是，我那時的心情，而絕無吊古之感。惟平日索居，偶或至三貝子花園，一望荷葉，已經十分滿足了。我出門總是在人們午夢濃時，圖其靜中時有春意；彼時有親戚在植物研究所工作，就在園中；故有時嘗到鮮魚，微覺有土腥味，美中不足；好在治大國如烹小鮮，既不從政，庖廚事倒也向來漫不經心，上述並無挑惕意也。

老北京還有一個好處，就是深巷，我們住在舊刑部街（昔南星贈詩戲呼之曰久行步街者即是。），今早已拆除，展寬謂之復興門內大街了。

北京城以方正稱，稍失直道，即逕呼之曰東斜街，西斜街，楊梅竹斜街，櫻桃斜街等等了。這裏風土人情之美，可以作為東方古中國黃河流域文明的代表，不但秋高氣清，山舒水緩的自然美為我深喜也。

每夕陽西下，進入街巷，如入仙境！

平日風日晴和，西北山巒橫列天際，如在街頭巷尾，走在大街上，如在家室，輒凝久之。

去年傳采與老友們遠遊蘇杭，我當然是地獄篇裏的遊客，無福進入天堂。但我亦戲謂我是夢遊派——不用說西湖，就是北京，自綠化問題公開後，謂北京已納入沙漠化範圍，北京將不但失其「化城」之境地，也要列入夢遊的計畫了。嗚呼。

（熄燈時止於此）

* * *

先說家在江南。

我是說「我家在江南」，武昌城內我的家園之中有一株大皂角樹，有藏書樓，富有藏書。這一切大都是我曾祖父所置，他在江西遊宦甚久；我的祖父心穀公逝世過早，春秋不足五十；我的祖母程（諱琢如），有江西口音，可以為證。曾祖父在江西作過知府，道台。但何以家園客於黃樓鸚鵡之間，那就不是我所能瞭然的了。清末，祖父則在縣內任同知，後來聽說教過算術，那大約是維新時的事吧？我的七叔爺過的是散仙生活，據說他長於天文，善觀星象；但他見到過據父親說他最愛讀、滿頁密圈密點的書是附在《西堂雜俎》後面的《湘中草》即《湯傳楹集》。一句「與鄰同小園」至今我也還是十分欣賞的。

辛亥革命時，因為家有旗人，為一與祖父結仇之人告密，我家遭難；據說，那位旗下的婦人在前面走，官方在家中各處蒐查，到了後院距門不遠的一個角落裏，突然有大蛇矗立，官丁們遂被嚇退！不過親戚之屬的那位老太太究竟下落如何，是流落到哪裡，還是遭到不幸，便無法知曉了。

那蛇說是在園中一口井中居處，家人每加禮祭。有一事，尤覺奇特，說是我四姑爬到樹上放風箏，結果被樹枝夾住不能下來了，於是全家向園中敬禮許願，四姑遂安然墮落了無損傷。凡此均係我於兒時聽祖母說古時得知的。祖母有搖首症，人云即由於那次神奇的逃難所致，這自然是千真萬確，無可懷疑的。

祖母善種花草，到手成活。此亦親眼所見者。

又，祖母性靜，善於背誦古詩。有一年夏天，祖母夜被我們要求，欹枕吟誦〈長恨歌〉，一字不遺，歌聲與窗外樹間風雨聲相應合，在我，至今依舊是至高無上的詩的愉快！

（十二月一日，夜五時半至此止）

*　　*　　*

藏書樓裏的書，自然都歸別人了。我家逃難時只運了一小船過江，僅是平時放在書房中的廿四史，佩文韻府，以及一些小說雜書而已。逃路又切斷了。後來我在「小園」之家西廂房，我與這二十幾箱書為伍，到我二十六歲祖母逝世為止。我家再度破裂——那是後話了。

再來說「家在江北」。

這就是如皋。我們的家譜是從那刻印成書的，經大家都清楚（？）知道的浩劫，已被毀掉，找不回來了。附帶的說，找不回來的東西很多，倒也不足惜，一個時代的好壞是要以看獲得的多還是毀棄得多為標準，而且要從世界總合來看。但輪到個人，則使我最心疼的是一塊方形銅圖章，文曰：「至樂莫如讀書」；尤其想起來就難過的一支銅蜥蜴一個鎮紙！這銅石龍子，在我看來，那設計的人的靈魂恐怕是最美麗了！它在我的心中實是無價之寶。

先祖紫陽公，應該要數安徽和福建，何以會我家又是如皋人呢？我不想學先賢朱舜水，然而事實紫陽公是我家先祖，我又何必回避取容於人呢？按譜錄云，一世祖柘園公為紫陽公七世孫，從文信國逆元兵，夜經泰州，失散，後於如皋流為農者，夫妻親耕織，云云。當地有朱家堡，大概是發跡，為人稱善，朱氏祠堂在焉。家有柘樹園，因稱為柘園公。

這也是一次逃難，卻不但不神奇，反而是十分現實的我家掌故。

若然，你要問我的出身，我該怎樣回答？

祖母程，系出洛裔；我家簡直是唯心論的老巢！

所以，你要我說什麼是好！然而奇就奇在於此。我寫回想錄，病後工作效率極低，每天只能寫幾百字，但我揮灑寫來，無須起草；將來也不想更動。多少粗細遲速，也全不放在心上。

（二日上午九時至十時許草）

*　　　*　　　*

父親逝世前，交給我一幅唐伯虎的山水手卷，我題了幾首詩，有句云：「六十年間兩劫灰」，父親說：「這一句寫得不錯。」這是我受到父親唯一的一次、一句獎勵。父親逝世時，年八十有二。他的詩稿全部散佚，只留下一本《西湖記遊》而已。父親三十歲後開始畫山水，別號延蓀，在北京留有聲影。似乎也不自貴重。

四、北移

我家寄藉宛平，也有點傳說。

出朝陽門約十里，有個地方叫大亮馬橋，先人祖墳在焉。遠望可見墳上生長著一株馬尾松，我只去過那裏兩次，一次是祖母安葬時，一次是獨去掃墓。其後墓已平，我們也沒有再過問。亂世苟全，生死皆細事，哪裡還會有桃花飛紅，清明時節聽野哭的閒心！

這祖墳各分左右兩列，已有安葬好幾代人了。祖墳據說是一位老太太，她帶著孩子，上京趕考，逝於京城。那孩子想必就定居於京城了。

祖父逝於民元，翌年即一九一三年，我降生於天津，家在河北首善裏，路西第二個門兒，是一個小院子，但有兩進，正房是西房三間，一明兩暗，北屋南屋都是兩間，中間有一堵木櫃，計共七間。父親十九歲即開始養家。我降生時也有個小傳說，據祖母說：「你不是要孩子嗎？給你這個！」我就是這個夢中的孩子。後來曾取杜詩，自號豈夢，表示過我的私見。我上有兄，下有一妹名勤，一弟乳名羊，他們都夭亡了，據說都比我好。遺憾的是不曉得好在哪裡，我也從來不曾好奇的作過「天問」。

我家大概是先回北京，後移津沽的；其時父親在陳塘莊煙酒稅務局任科長，會昆曲的許雨香也在寇里，他後來還和我同過事。在我的記憶裏，有一年有人送十數個三白西瓜，個兒甚大，這自然就是稅務上的好處吧？

我在津門住了十九年，有得可說，但，我恐怕說不到恰到好處的地步，特別是童戲記趣，人生最可珍貴的童年，而我首先失掉了母愛，真的將不知從何說起了，嗚呼！

請容許我暫時停下筆來。

（午後一時半止於此）

五、我只有一個童年值得「細論」

杜甫〈春日憶李白〉末云：「何時一樽酒，重與細論文」，我的題目裏「細論」出處即在於此。我是自己憶自己，「論文」其實即是「論詩」。昔荊公詩有句云：

春風取花去，
酬我以清陰。

似乎我依舊佇立在花下、或樹下；花下，實樹下。而以回憶而言之，乃仍是花下。但那是什麼花？或什麼樹呢？本人老人沒有說，今已不可考。豈「東園桃與李」耶？

我雖生於民二，卻還趕上念了一年「私塾」，讀《三字經》就是讀史ABC，讀《百家姓》就是要珍視：懂人與人之間要有同情（與諷喻），人是個體動物，主觀就是真理——這無須要待到讀丹麥宗教哲學家才懂的；自然，「百家」也無須待到讀（此處空白）。人總要同時具備客觀精神。論《論》、《孟》，就是讀哲學。詩，照例是從孟浩然「春眠不覺曉」起；「關關雎鳩，在河之洲」，在我，那時是聽來的「詩」，正式拜讀那是後來的事了。

童戲記趣，少不了「野遊」，在野遊「逃跑」之前，最愛爭先恐後先搶解小手，其實還不是愛自由？有一次，我搶到了「出恭簽」，離家不遠，我想回家去解手。我剛剛走出那條死胡同的小巷，一投入巷口，驀地感到陽光是如此明淨，白日原來如此輝煌，人實是如此安靜，而人們呢？人都躲到哪兒去了？我不禁彷彿進了「花城」（就那時說，這自然是沒話）了！我回到家中，也只有祖母在那安祥地拿著放大鏡看書……

我後想，如果把上面的幾句感觸，分行寫下，如金聖歎所說：「兩行榆柳，四條玉筍」云云，它為什麼不就是詩呢？

請容許我提議：我們作一次對話，我問你：

誰能夠築牆垣，
圈（原作圍）得住杜鵑

請問這是誰的詩？這麼何等精美絕倫的馨逸的詩？然而，我曉你非柳柳州，無從給我一個「天對」。我告訴你吧，這是一句散文，出於西班牙號稱「海盜」的大作家賽凡提斯之手，見《堂・吉哥德傳》。

現在容我來寫一點野趣遊。

我記得最初只不過捉蟋蟀，粘知了罷了。後來圈子愈打愈大，竟跑到遠郊密林中戲弄變色蟲了。可是卻也不敢去掏雀兒，因為據裏面往往有蛇盤踞！最好玩的是在河邊戲水——我們都是一群小流氓，還不會游泳。有一次是我發狂，向一座小山崗上跑去，哎呀，原來的糞堆，一腳蹈入，結果向河邊跑去洗滌！也只好認倒楣了。

還有一次，在曠野，突遇暴風雨來襲，無可藏身之所，大家都被淪成了落湯雞。也只好跑到河邊，脫下衣襪鞋褲，大洗一番。然而烈日出現，瞬即烘乾。——待到歸家，已經很晚，天都快黑了。從那次以後，家中便嚴禁與「野孩子」玩了。

我非常討厭「野孩子」一詞，只是後來改在家中外院學唱戲玩，似已極其乏味，無足述者。

直到我長大、讀書，才有力量推翻「野孩子」論，幽默詩人王季重說，文近廟廊，詩近田野；——我想我們在蔬園中偷瓜，越籬逃逸的野趣，非詩而何？「骨重神寒天廟器」，你能夠偷盜嗎？你只好去扣頭禮拜吧！又嘗見尉僚子殘文：「野物不為犧牲，雜不為通儒」，我覺語極名貴，我寧願作「野物」——可以說，這要算是在我特別尊重隱逸之士之前，最初獲得的「消極」的啟發了。

而這野遊野趣，加上童年即興，使我深感誠然具有「繪事後事」之感。(注)

（三日十時半止於此）

注：按，朱注：「子夏疑其反以素為飾」又引《考工記》曰：「繪畫之事後素功，謂先以粉地為質，而後施五采，猶人有美質，然後可加文飾。」（《論語．八佾》解逸詩「巧笑倩兮，美目盼兮，素以為絢兮」，歸到人生哲學。此孔子最偉大、最平易近人之處，你聽：「禮後乎？」（子夏）子曰：「起予者商也。始可與言詩已矣。」

六、從西沽村聽野哭說起

在津沽，因為有些事是少年行，也還是有興趣，值得思念的。例如到西沽村去踏青，就非常可喜。

我們幾夥伴從河東一個什麼地乘船西行，經金剛橋，過大紅橋，不遠就捨舟登岸，一片桃花楊柳黃土，進入視野，令人心曠神怡。這便是著名的西沽村。丁字沽，西沽，直沽，號稱三沽，並禹跡，疏導之處。明李賓詩云：「西北群流連海岱，東南巨浸拱猶燕」這裏，我注意的卻只是土，特別是荒墳，清明聞野哭，令人只感到詩情盎然，並無痛楚；——難道真的是讀陶集有得嗎？那時並無生與死的思考；我想也許是麻木不仁，但也許是並無文化修養或人生藝術，而只不過是任憑靈感的新綠生時帶愁流去，實際上連強說愁滋味都確實無知無識也。

津門除了這次春遊，之外沒有給我留什麼好印象。河北有個公園，有一尊白衣大士捧瓶臨池頃瀉的雕刻，要算最值得記憶的了。但就是在這公園，我第一次遇「性惡」的證實：我們幾個小孩是攀爬鐵欄杆進入的。待到我們玩夠了出園門時，一個彪形大漢指著我們說，就是他們，於是售票處把門的把我捉住，我們沒有錢，你讓我們回家取錢錢去吧，其窘狀無法形容！還好，他們寬大得很，說，下回補票吧！一場風波就這樣像一片烏雲輕輕吹散了。但那富有「正義」的大漢，後來，我追逸[1]起來，滿臉橫肉絕非善類！然而我生平確易走極端，從此人性惡的哲學即荀卿說在我是深信不疑

[1] 原稿如此。

了。自然，我同時也相信天性可以移易，這裏不能多所糾纏了。

其次，觀海要徑臨一個碼頭，地名「紫竹林」，我很愛這三個字及其途徑，後來我的第二小卷詩《小園集》即以一名「紫竹林集」發表的，而且還刊載過兩次，它還有更殊特的運命，這是後話，暫不贅述了。

* * *

我從十來歲就愛看京劇，金華何逸清先生（歷史學家何炳松的伯父，他的孩子何炳棣和我在一齊考入南開中學的，我們都名列前茅，我大約是第九名，他是第十三名。）家裏有個廚師，常同我下象棋，給我們講京劇，有個裴雲亭常貼《金錢豹》，我就是先聽講的，後來居然看到了。

我變成了小戲迷，竟到這程度；一個冬深日，我獨自踽踽跑「東天仙」去，正唱《狸貓換太子》，一個旦角凍得實在受不了，結果中途回戲了。看客們也都一笑而散去。也有點可記述的。最近兩年才知道品德高尚、技藝嫺熟的關驌驦的老師之一是王韻武，這個角兒技術質樸，我有好印象，特別是「平貴別窯」跑坡，台口一個亮相，向王三姐念道：「這就要走啊！」眉頭似展似皺，其聲綿密溫存，表情之深至，實在難能可貴！「細膩風光」四字是當之無愧的。近年來聽周信芳的錄音和李萬春的錄像，也許是先入為主，我覺得王韻武要好得多！

關於京劇，我將另在一章回裏贅述，這裏暫停下筆來。

（四日補充）

七、乳臭

（五日客至，未能午睡，未有隻字）

「乳臭未乾」是一句罵人幼稚的話，意思是看不起，倒還未致墮為勢力眼。我的「乳臭」那是早已乾了。

但我的開乳吃得似乎是多種的，要罵也只好由我自己來罵，可是我不是潑婦，大罵是無從開口的。我想從事實本身來作嘲諷，也就夠了。

（六日僅此）

我的文學藝術，有好幾個起頭。這裏是頭一個。我在南開中學讀了一年，因患淋巴腺結核休學了。同時因為賽跑未穿貫釘鞋，跌了一腳，教體育的教師外號文大鬍子，他給我塗碘酒，我叫疼，他就狠狠地斥責道：「誰教你摔的！」給了我一下無情的大棒！於是，我和南開就因為體育斷了交。我跑得很快，玩了一年足球，踢右邊鋒。跑四百米接力第四棒，有的同學稱讚我就像不沾地一樣，我聽了很受鼓舞。跌腳的那次是跑百米，跌跟頭，實在冤得很，而體育老師竟青面獠牙的吼叫！這是第一次感到人的獸性，那是很明顯的表現。

從此，我棄武就文了。

待在家裏看一種小報，文學版面有些很有趣，引起我的注意，我便每週逐一給以簡短考語，幾次過去，引起受批評者的不滿，有了反響，但編輯卻支持，認為很中肯。不過我卻隱退了下來，不再寫小評論，小印象了。只和總編輯交換了一次相片，因編輯起初在通信裏說我「面有威棱」——其實大謬不然。我記得對門的一個老頭說我：「鬢整齊，是女人轉世」哩！我於兒時很是姣好，我有幸還留下一張一周歲照的相片，右邊是我的表兄。

我終身不善持論，實際上我卻從寫評論（印象而已）開始。這便是生命的顛倒。

＊　＊　＊

約二年後，我以第一名被考取到匯文中學去讀高中一年級了。是父親親自看的榜，回家很是高興。我自己也很高興，卻別有所在，不在榮譽，而是，我遇上了我的第一個文學老師：李再雲先生。他平日西服革履，人很年青，正派，講課備課充分，常給我加些油印的詩文，都是課外讀物，而且是進步性的讀物。古代的有白居易的詩，引起我讀了家中所有白集，居然不自量力地寫了一篇〈社會詩人白居易及其詩歌〉。

像這樣堂堂之鼓正正之旗的學院派或官方氣的題，我以後從未再用過，這是有相當深刻的原因的。

李老師很看得上我的作文，經常貼在大玻璃欄裏，我的第一首詩〈雪中跋涉〉就是那時寫的，也貼在玻璃欄裏。可惜失掉了，以後追補，似乎都不及原詩：短短八句而已。時為一九二八年春或冬，或是經冬歷春時，時間記憶不真了。寫的朝起在大雪裏走路很難，走一步退一步，貼在牆壁上的燈光尚未熄滅，像個鬼臉；前面提燈的人，橋東邊有站在冰雪釣銀魚的人，等等。總之，我是以元白樂府派起家的。

李老師住在一間小樓裏，那時他正在主編校刊。有一天他叫我到他那裏去一下，我去了，他立刻告訴我：「我也寫了一篇關於白居易的評論，我抽出來了，發表你寫的那一篇吧！」這在我簡直起晴天霹靂，令我一時一語不能吐！我始終不能說什麼話，李先生又給我一張早已寫好的卡片，我卻保留至今，這在我實在是瑰瑤了！上面是英文，下面是譯文，原文從略，其辭云：

汝蒔種子，人反收之；
汝尋財富，人反有之；
汝織衣裳，他人曳之；
汝鑄兵器，他人挾之。

當時我自然不明白老師的用意，然我竟呆若木雞，連請教都沒有請教，就匆匆走了。我的那篇長篇論文（其實是抄錄汪立銘的注釋罷了。）果然發表了。

然而從此我與李再雲再也沒有見過。他不久離校了。我也離校了。

我一直懷念，他是一位有智識的先進者。

直到很久以後，我讀A.ROLLET著《總同盟罷工》——共四章，第一章第五節引有此詩，張溥泉譯。(注)

（七日午至此，是日大雪）

注：原抄件有後記：英誕抄記，一九二八年夏，在天津西沽村始讀雪萊〈贈英國人〉後二節。

津沽有一種《星期日》報，韓補庵先生主編，上面常有「徵詩」，父親常有應徵，別號有愚軒、迷津舟子等，往往名列前茅。我有時代去領獎品，各種小文物而已。這些詩我也曾保留一份，後亦散失，像《漢上消閒集》所引，也許是《星期日》上面的，也未可知。

我休學在家無事時，父親有時興致很好，教大家讀詩，開始很認真，我的繼母、四姑、六姑、我各發踢藍或踢紅的字各一份，多為唐人絕句，後來宋、清各代間亦有之。

這比何逸清給我們（何炳棣）講《幼學瓊林》又要有興趣得多了。自己也學著寫。一直到一九五八年以後，那一年我機會在故宮博物院有了閒職，碰到一位老先生，我才正式寫起舊詩來。我僅限五、七絕，這就是兒時的訓練的結果。但我從不認為會做舊詩，我始終沒有學會古體詩，自然不能算會做舊詩。

父親曾留有大包詩稿，有的抄寫非常工整，後皆散佚，不可複得。父親三十以後從事繪事，學畫山水，詩不多做。現殘存《西湖記遊》一本，附詩頗多，已交青草[2]保存。父親山水畫在北京一地小有聲名，亦不尚宣揚，思想有保守有新穎，亦有進步處。惟兒時做詩有「神童」之稱，這沒有得到發展，我個人以為是很大的不幸，這正是中國人的不幸。

* * *

[2] 青草為朱英誕長女朱紋之小字。

在津門，我非常愛看書，父親給我買過多種歷史故事，圖文並茂，（中華書局出版），還訂有《小朋友》（雜誌）。後來發展自己竟膽敢買了一本有關教學的雜誌，拿回家，又看不懂。這件事至今想還很滑稽。

不過，我大起來了。我已能買《革命文豪高爾基》（生活書店出版），從我便漸漸遠離了舊的「書香」。

（十一日晨起）

八、書香

我們家是一個敗落了的「書香門第」，門第是敗落了，我的書香是永存的。這一點如果找證人，我舉兩個：一、商務印書館，二、中華書局。自然還可以加一位「野客」，那就是琉璃廠各家舊書鋪。

《四庫全書》是我們的「書香」，它豈止「流芳千載」！我們沒有歐洲那種大福氣，什麼秘笈都可以過目，平常就全靠上述三位證人。我們感謝他們傳遞過這些「書香」給我們。

書不能遍讀，讀本各有偏至，在我，我以為先秦諸子及各代文豪詩豪所著述，就值得向世界誠心誠意的貢獻，而到目前為止，幾沒有敢說有這方面的「交通」。我記得三十年代，我方二十有奇時，讀到一個數字：我們老子《道德經》即《三千言》，德國當時已有四十二種不同的版本！我們的辜鴻銘所譯《論語》，我只在一篇小傳〈畫像〉裏見到過。

我們承認科學落後於人了，是好事；但數理化千軍萬馬，文史哲則老弱殘兵，是好事嗎？我不能無疑。

*　*　*

在我初初接觸中國詩文之後，我很早就轉入現代文學園地以來，以後，才從頭再來補足所應該讀的「要籍」，這先今後古一條路線，我以為比先古後今的路線要好，即平常說先「受了科學的洗禮」。不過這也不能說得太死，例如魯迅，在文學上似乎就是先古後今——不過魯迅這樣的永遠站時代的前列的大人物，我們是不能以常理論述的。

我讀〈桃花源記〉以前，在南開（自編）教本上讀過一節無量壽佛經，講「淨土浮華」云云，實在引人入勝，我對佛說的莊嚴妙境發生了極大的好感！我覺得讀書真是「至樂」！後來我才讀的〈桃花源記〉，那麼鮮美的詩做了我文學入門，我至今引為幸福。

〈桃花源記〉是父親教的窗課之一，必須會背誦。

平常我常看到捧著一本大書默讀，樣子很是神秘！我以好奇，偶竊閱之，原來是「蘇書陶集」，蘇書和陶詩以及「和陶」都是後來知道的，那時我隨意翻閱，覺得也並不難懂！那麼父親為什麼不教我讀呢？這就是教讀〈桃花源記〉的緣起。

〈桃花源〉詩，卻是我自己後來補的。

至今清陳朗山（熴）楷書〈桃花源記〉一直懸掛在我的床頭。

幾乎各種陶集，凡是我能得到的，我都得到了。我感到書的芳香，比起春天裏鳥囀花香，別有一番滋味。

九、涉獵

此後，我一邊崇敬「文豪」，一邊閒逛冷攤，從西單商場發展到東安市場，到琉璃廠，書是先看後買，我沒有很多錢，很難多買，起始總是撿便宜的、又想看的才買，後來有買書錢了，習慣還是這樣，從不大手大腳。我記得有一部吉星的〈新寒市街〉譯本，我反覆多次，最後還是因為定價太貴，放棄了！這樣的傷心的事是常得上的。

我從高爾基上溯一轉而為屠格涅夫的〈散文詩〉——這是一部書品極佳的著作，我還記得一位好友因為他買到的是白封面的，很不滿意，我只得割愛把紅封面的一本換給他了。不過後來我又買到一本紅封面的。從屠氏一面轉到法國，一邊轉到托爾斯泰，到陀思托耶也斯基，以及白林斯基，普希金等。我非常服膺那三位奇人，托夫的一副「故居」，即以「窮人的樹」為主要眼界的畫依舊懸在牆壁上。

法國我先注意〈磨坊書札〉，後來則是〈三故事〉。從此我知道世上還有像李健吾先生那樣用功的讀者加譯者。我非常尊重我們的譯文工作，覺得可比為譯經的事業。在這方面，魯迅先生是偉大的保姆。

魯迅先生並無偏見。——

我以為，凡此無不來自蔡元培先生的偉大的教育主張「相容並包」，即俗云古今中外這一源頭。

只是魯迅自己的發展日益奇肆，像雜文，後來甚至提及章太炎先生，大有認祖歸宗之致了。那樣如元文的另一種「野戰」（元人文以長散文著）的發展，這一點，由筆者看來，等於詩史上出現了屈原一般。

施蟄存是詩文學的保姆，沒有他，戴望舒未必能興起，連西班牙詩的紹介都不是例外，我個人就從讀了施先生的紹介愛爾蘭大詩人葉芝，才開始迷戀於詩的。在詩文學這方面，三十年以來所有我能涉獵到的理想與創作，寒齋收藏甚為豐富。別的很多資料我都同意毀棄了，而這些以及我自己的詩作倖存下來，可以說是天意，也未可知。

我這裏還保存著一本《美國現代詩選》，是施先生的，大約是李象賢[3]那裏拿來吧。

* * *

在外國文學上，我沒有專愛。

我們過去號稱「詩的民族」，但是，假如現在有誰來倡議舉行一次選舉，我將投愛爾蘭或西班牙一票。我卻不選我們中國。中國實在太不成話了，羅曼羅蘭說得很公正，他認為精力都讓政治經濟占去了。現在這裏最好的詩人也是只有詩才，而無詩學。他們在打游擊。

我只是在家園裏掘一口井。

總之詩沒有建樹。我所選的一部《新綠集》（中國現代詩二十年選集）也許比朱自清先生的大系之部略少而精也未可知。它止於一個歷史的劃分時期，即一九三六年，終於胡適的一首〈月亮的歌〉。

---

[3] 李象賢即詩人李白鳳。

十、家國兩難

一九三六年冬，我的祖母因病，醫藥無效，逝世了。我到東郊大亮馬橋，把祖母的棺木和祖父的棺木並葬。那年，祖母是七十一歲。

因非常痛苦，幾不欲生！

但是不知何故，很快我就把對祖母的懷念一一轉母親方面來！我非常想念我的母親！實際上我不但很早就失去了母親，卻有一個繼母正要接替祖母的愛撫。這自然是不可能的。

首先她們方諷諭我求學無用。

其次她們諷諭我要找事情做，以便生活。

復次她們謀求把持我的婚姻。

繼母家兩個哥哥都是銀行行長，其一給我介紹一位大家閨秀，在家裏畫畫，家中勉強我出席一個茶會。到了來今雨軒，我神不守舍，沒有話可說；但我愛那位女士是端方的人，只是個兒略高。我便以此為理由，聲明不加考慮了。這一來她們急壞了，也氣壞了，我分明是抗旨不尊！——從此，兩家關係便算破裂了。

不久之後，盧溝橋事變後，各方面慢慢上了軌道，但我從父親說：有日本人的地方，我不去。父親居然認得一個很高的國民黨做秘密工作的頭子物色人才，說讓我去做點小事！我想，這其間還能說父子之情嗎？便斷然拒絕了。

*　　*　　*

我偶然遇到沈啟无（曾在廢名家見過），他說他把我和南星（杜文成）都向苦雨翁推薦過了，已經算是文學院的助教了。

待到由祖家街東遷灰樓（在紅樓後），我便是上課了，每週〈詩與散文〉（習作）二節。翌年改講師，兼文史研究所研究員。平常不到校，只在家裏寫教材，整理廢名的新詩講義。

這個工作做了三年，後以周沈破門事，城門失火，殃及池魚，我從此與周先生的關係斷絕了。直到後來援救出獄捐款，廢名偕我到川島家交了錢，我沒有寫我的真姓名。

我在北大認識一個女生，即傳采[4]。當時正在開頭「燒松樹枝兒」，我怎麼能和大家閨秀、未來的畫家結識。此之謂陰錯陽差，連天神都管不了的事。

[4] 即陳萃芬，朱英誕之妻。曾取筆名「傳彩」（「傳采」），並發表詩作。

十一、與當代文士的關係

我在交涉裏提到做詩的事，特別是葉芝。

葉芝在他編選的《牛津現代詩選》，選了李白的〈長干行〉（譯者為龐德）以及白香山的〈于悟真寺〉；我知道葉芝看不起科學和知識，以為「還不如一根稻草！」他還曾經夢想把詩寫得「不詩似的」，這真可與貫穿汴宋到杭宋的一條信任相比較：東坡謝李公擇惠詩帖云：「公擇遂做到人人不愛可惡處，方為工。」以及「詩到無人愛處工」「詩到令人不愛時」葉芝嘗說：

「當講理由與目的的時候，好的藝術是清淨的。」也可以比較清王西樵〈題孟襄陽集〉：「雲鳥蟲沙近楚天，清詩句句果堪傳；一從舉世矜高唱，誰識襄陽孟浩然！」

當我讀施譯葉芝詩時是想不到這些的。

但是，當時我卻注意到施蟄存先生介紹外國現代詩的熱忱，例如美國，以及美國愛唐人絕句，等等。凡此都是令人感到溫暖。

我和施先生、戴望舒都只通過一次信。

我和郭沫若、沈從文，也都通過一封信。

和蹇先艾先生有過請教詩的過程，那是一九三二年的事，我自己初回北京寄籍，住在錦什坊街武定侯胡同親戚家老屋裏，恰好碰上了陰雨連綿，很像江南黃梅天氣，槐古香濃，烏啞苔綠，我只好取出行篋裏唯一的一本泰戈爾《飛鳥集》來讀，偶效其體寫了幾首以〈印象〉為題的小詩（今留一首），卻發表了。自此始留稿。我以〈印象〉連同舊作（即〈雪中跋涉〉）請蕭然先生看，蕭然先生的批語是傑作！傑作！但告以做詩要注意修辭云云。這個教誨，我至今遵守，不敢違背。這件小事蹇先生也許早忘掉了吧？那麼也許更有意思些。

我學詩是從認識靜希先生開始的，我常請林先生看詩；我有詩是林先生寄出發表的。後來林先生介紹我往訪廢名先生，而以年輕，未敢冒然到苦雨齋中去，但據廢名先生，豈老說你的詩用字比我的都圓到，曾給予嘗試。又在汽車裏同沈啟无指出我的某篇小品文字寫得很好。我真正到文學院教課，才進謁過周先生，先生說，「我們不辦，總是有人要辦的，恐怕還不如我們。」我想這話很富有情理。然而以後周沈交惡，我錯在在啟无一邊，又以寫〈苦雨齋中〉一文裏面用了〈採薇歌〉，凡此都使先生很不愉快，關係遂斷絕。

至廿四年冬，有詩一卷，即《仙藻集》，其初版靜希先生為之序，翌年又有一本，曰《小園集》（發表時改用《紫竹林集》）。

和廢名先生須另寫，這裏就不再補足了。

周先生當林語堂辦《論語》、《人間世》之際，文運紅極一時，小品文字隨筆性的學理漫談幾乎篇篇動人，有如珠玉。我能夠受到這樣望若神明的大師的獎掖，心裏的感激之情實在無法表達了！我怎麼能夠有絲毫反對他的心意呢？

盧溝橋事件起來之前，我曾打算到日本去學印刷術（我父親想要我學日文，辦外交！），我請廢名轉向周先生求教，周先生很高興，說他可以給辦護照，並云：徐耀辰先生也成；並且囑咐帶夠來回的路費——因為我患有淋巴結核，怕不能進入。

就是這時會，盧溝橋事件發生了。

我說他們既然來了，我何苦還要去呢？

命運就是這樣轉變的。

後來我在國文系教兩小時的「詩與散文」，偶有機會可去日本，我想去，周先生語重心長的說：「這時侯不要去了吧！」我聽了如聞長者的聲息，至今感念。

然而日本侵華，周先生過去有人比之為陶淵明，日本人進來了，又自比庾蘭成，那都是不多的。周先生平日外示平易近人，然實有陰鬱內向可怕的什麼，不難洞察；文章寫得彆扭時也有所透露。較諸魯迅，難於同日而語。在文學路線上，苦雨翁倒是先今後古，逐漸成熟起來的，故容易受青年人的敬愛。周先生自稱儒家，我以為不像，周先生依舊是他極望擺脫的文士，而不是思想家，他缺乏體系。可以算雜家，然仍以文字語言見長，思想並無可稱道者。

今年夏至前四日蒙故人琦翔[5]送周氏《回憶錄》來，才知道上海曹聚仁做了一件極盡情理的事！《回憶錄》這裏不擬贅言。

我看了這部厚重的書，一方面覺得很是欣慰，一方面想起李金髮在他的《異國情調》裏的記敘，覺得大家都源出於蔡孑民先生，何以相去如此邊遠；這個舟怎麼同？怎麼濟呢？——這實在是一個「天問」。我怕「天問」可以再有而「天對」那是不會再有柳柳州其人來再寫了！

[5] 琦翔為張琦翔，崑曲曲家，北平淪陷期間曾就讀於北大文學院，並向許雨香、韓世昌、王益友等著名曲家、藝人習崑曲。其家離朱英誕先生家甚近，常一起聊天。據陳萃芬女士言，張琦翔家總是「鑼鼓喧天」，俞平伯等人亦常去拍曲。

十二、我的追悼

一九六七年七月廿七日，聞琦翔云：苦雨齋被街道糾鬥，讓他站在一張方桌上，上去了沒有站住，溜了下來，就這樣鬥了一下，就散了……

日本軍一進城，八道灣周宅屋頂上就升起了太陽旗，這就使任何人也不再能說半句話的了。

我聽了被糾鬥消息後，冷靜沉思，百思莫解，我對一切都是莫解。最後依舊按老規矩，寫了一副輓聯，較離奇，因多平仄顛倒：其一云：

書房一角古希臘小希臘間悼聞師心熱我海上多唐俟；

華葉兩枝文浙東史浙東每力排俗士哀矣山陽念稽康。

其二云：

五四乎曇花一現經濟南移燕城今已成邊塞松菊猶存；

百一也大樹飄零夕陽西下深巷昔為問路人屋烏將止。

十五年過去了，壬戌小暑後二日，雨中閱《知堂回想》，題二絕句，復製一聯，類獨斷其辭曰：

生命珍重過去；掌上是九曲明珠，夢裏荒塗；非極端個體；何必苦口說千心。——爾作禹步，隨魔蟻而狂走；

文章憐取眼前；門外有一道小河，天際傳客，真止此童心；難能竭情添百足。——誰側藏耳，聽鷚旦之高歌。

壬戌夏得讀《知堂回想》，讀了幾節，很高興，寫了下面三絕句：

有感偶口占（三首）

（一）

紅雲嫁了黑雲憐，果有真詩真味鮮；

此日淵明腰再折，荒塗無復柳三眠。

（二）

文章蓋世窗前草，六一風神有足多；

敢贊湘西人一語，小河休道是先河。

（三）

文章蓋世窗前好，六一神完草不除；

微雨小河一事也，不須絕物到甘荼。

按：湘西人指沈從文，沈在桂林時曾著文談習作謂周氏「似因年齡推積，體力衰微，很自然轉而成為消沉，易與隱逸相近。神秘方面的衰老，對世事不免浮沉自如之感。」又云：「理想明瑩，虛廓如秋水，如秋天，於事不隔。」詩人李金髮在重慶，引沈文加以指斥，除了升太陽旗外，還有一句「文人無行」。（見商務版《異國情調》。草不除齋談習作文則未見。）

湖南版《周作人回憶錄》沒有曹聚仁〈校後小記〉，並云在鄭子瑜《周作人年譜》後面寫了〈知堂老人的晚年〉，均未見。他說「這麼好的回憶錄如若埋沒了不與世人相見，我怎麼能對得住千百年後的社會文化界？」又說：「可惜那位對老人作主觀批評的人，已不及見這本書了。」他指的大約是魯迅先生。

我陸續閱讀《回憶錄》，常感到文字囉嗦彆扭，於過去輕重急徐恰到好處已迥不相同，但既作回憶讀，與語言文字關係可大可小，無須多言了。

我覺得全書有所謂「山水聚處」，如〈小河與新村（上中下）〉，全書寫得最好的一篇是〈一四一不辯解說（下）〉，我以為，魯迅先生復生也當首肯。實際上他早已首肯了，關於五十自壽連和事老蔡孑民先生都出頭了，世人早已諭曉，只不過此種過分的晦肯是不應有而有的事，世人無此手筆加以描摹罷了。

周作人作〈「不辯解」說〉，其實說即辯解，十分顯然。他看準了〈傷逝〉這一篇，不但需要全部中國的中庸與傳統，而且需極為廣博的古今中外的綜合的情理；著者以為，周氏晚死了若干年，與魯迅先生可謂「事後諸葛亮」。兄弟總是對哥哥讓出一頭地的。

請容許我把另外幾首詩錄如下：

〈戲題〈「不辯解」說〉〉

（一）

幾曾風雨滿春風，且聽雞鳴息論爭；

香草美人浪分雪，老夫臨水每傷感！

（二）

遠聽猶聞鬼拍手，北京曲巷雨經風；

何如低調非高調，土氣無妨裳自紅，

（三）

杜鵑聲裏聞鳩喚，逝水何堪心自傷；

補樹不忘南半截，水晶簾外築高牆。

後記：知堂老人引用舊作〈辯解〉，說〈傷逝〉是魯迅的難懂的晦澀的詩。並提及安德列葉夫，堪稱真知灼見。

頃聞〈傷逝〉獲今年電影最佳攝影金雞獎。據云〈傷逝〉「用低調拍攝，就是最熱鬧的廟會一場，人們穿的紅衣服也透著土氣。」見一九八二、四、十一：〈訪問北影師鄒積勳〉（北京晚報）。

* * *

我和知堂老人關係甚淺，卻寫了這麼多。

此外，所有文集除《希臘女詩人薩波》一本倖存外，已完全散佚。現在我手邊只有一篇譯稿：錢稻孫〈日本詩歌選跋〉一文，還有一部鮑士恭家藏本光緒葵未重刻〈西湖夢尋〉五卷，有題字曰：

此苦雨齋物，嘗從道蘊先生處假歸拜讀。旋盧溝事變起，勸先生歸黃梅故鄉去。此本遂入藏於蕭齋。卷原闕二葉，苦雨翁抄補完好，筆筆無倦意。（民十八五月六日抄補。）遂成希世之珍。紋[6]宜瑤之。（一九四三年秋，朱青榆[7]記於海澱無春齋。）

少時所讀周先生譯詩集《陀螺》裏收有一首日本文學世家崛口大學的一首〈紅石竹花〉，我記得很清楚，很稀罕石竹花，歐洲人重視石竹，謂花示希望，畢卡索畫希臘英雄為《持石竹花的人》。我也曾取林和靖詩「冷搖疎朵欲無春」，以「無春」為室名。所以一向印刷鮮麗如恒。

我在文學院任講師，曾妄擬東渡，周先生以善言止之。在我是有點緣故的，我聽說有人把我的《紫竹林集》攜至東京，蒙崛口先生賞識，譽為第一（但是有個大會，會長島崎藤村，有人提議第一讓給小說了。這在我倒絕無所謂。）我們聽說我的詩名在東京，但署的是沈啟无的名，這樣怎麼回事呢？一首小小的〈窗〉，還值得犯搶嗎？總之，我想我親自知道崛口先生賞識之所在。但既不能，也就算了。但對我的石竹花的詩人，遂為海外之知音。最近題畫有句云：「風外雞啼海上桑」，其背景即在於此。

至於傳聞架著機關槍講演，又公開講主戰，以及晚年不「把生活弄得好些也是好事」，說的得以實現，大興土木，首先，白楊樹（俗呼鬼拍手）伐去——即此一點所謂苦雨齋確乎是喜雨齋，少年維特的煩惱果然變成了少年維特的喜悅了！嗚呼。

豈老是「兩截身物」，毫無疑議。

6　紋即朱英誕長女朱紋。文中「純」「緗」「曉芙」皆朱英誕之子女。

7　朱青榆即朱英誕。朱英誕原名朱仁健，「朱英誕」為其寫新詩常署名，「朱青榆」則多用於建國後，蓋其住處牆外有一青榆「拂掃天空」可「慰情」也。

十三、詩與橋與船

林庚先生是我的老師。

當時我雖很愛文學，於做詩還非常幼稚，但靜希先生不介紹我去謁見周豈明，卻介紹我去訪廢名，這是林先生的懂得人生老少之故的地方，也是他的「主觀即真理」；靜希先生又相反的絕不阻止象賢之去頻頻的攪周先生，而並不讓他和我去訪問廢名。凡此，我以都是靜希先生的通達世故之處。

故北河沿枯樹小河就為我的午夢夢遊之處了。我常常找廢名先生聽他講詩，溫飛卿，李義山，庾信以及杜甫都是從廢名先生那裏獲得「真知」的。

廢名先生和我談得更多的是現代詩，現代詩的作法；他很愛舊詩，但他以為新詩應該比舊詩更好，更是真詩。

廢名先生持贈給我的《橋》，《棗》，《桃園》，我自己後來還買到一本早期所作《竹林的故事》。其深情厚意，我都銘刻在心，不敢或忘。

廢名先生編講義選詩，我也幫助他選，我記得他看到我用英文寫的「非常好」的評語的郭沫若先生的〈夕暮〉，他很注意，問評語是誰寫的？這首詩他立即採納了。廢名先生的真誠往往是動人的。

他也講莎士比亞有真詩。

說徐志摩——只有一個徐志摩，別的人都不行。我說徐志摩先生的詩有的寫得很感傷，廢名先生大為滿意！然而，給我講莎士比亞寫〈影子〉，說：「你看它多麼悲哀！」似乎大有啟發。

抗日戰爭前，廢名寫有三篇序文：一、《冬眠曲》序，一、程鶴西先生《小草》序，一、我的第二小卷詩《小園集》序。以給程鶴西的一篇為最有卓識，其中引有姜白石的詩。

抗日戰爭後，廢名寫了三篇評論：一、給馮至先生的，一、給〈十年詩草〉，一、給〈林庚同朱英誕的詩〉（一九四八年四月廿五日〈華北日報・文學〉第十七期）此外，還有一篇關於自己的一章。

廢名重來北京，我一聞訊即從遠方歸來，看望他，送他榛子吃，他還吃得動！立刻說：「好久沒有吃了」，立刻用牙咬。

他看到我的《新綠集》（中國現代二十年詩選集），說人們要感謝你呀！我說人們感謝的是他！

我們還約定和靜希先生在燕南園會晤一次。

我回想先生約靜希先生和我在公園會晤，斥我後至，以為子房！而自稱黃石公。真有隔世之感！

廢名先生在新華門大街請我吃午餐，問要不要喝一點酒？我說不要，先生歎道：

「寫詩不能像喝酒一樣！」

我聽了如經棒喝！昔D.H.勞倫斯對當代青年之以愛為酒，深致不滿！見其說部法譯本自序。經廢公說之無心，這一提，我不免大吃一驚。難道我果真以詩為酒乎？嗚呼。

世事如流水逝去，我一直在後園裏在掘一口井，我是否要掘下去呢？掘井九軔而不及泉，一九四九年算不算要畫一個劃時代的道道呢？一九三七年《枕水集》已經劃過一次了！

廢名先生的橋隨風飄去了。

我的小小的野渡「縱然一夜風裏去，只在蘆花淺水邊」。

廢名先生隨楊振聲赴冰天雪地，林靜希先生說還要過杜甫的書單，開杜詩課。有論文發表，寒齋保留一份。聞一目已眇。嗚呼。
怎麼能到那麼寒冷的地方去呢！

十四、病

我的詩病已是病入膏肓，我的真病呢，那卻全擺在身外。

六、七歲我患淋巴腺腫大，俗呼鼠瘡，大家醫藥衛生知識非常淺薄，也不重視。約十歲左右，冒然在一個小醫院裏開刀，這一下可不得了，再也不能好了。我的學校教育，就是病耽誤的。

祖母極奈心的天天到一個小私人診所去換藥，醫生是父親之朋友，但路程很遠，後來，遂不能堅持。在我二十歲以前，身體強健了。有一天，父親回家很高興，說有一個日本藥店施捨一種藥，對淋巴結核有特效，拿出十小包來，說每日吃一小包，吃飯禁暈腥鹹淡，既不能吃油，也不能吃鹽。我就照方服用了。

十日之後，十年的大病，霍然痊癒！

我至今還記得當時我站在院中，左手扶著晾衣繩那時高興的神彩！我的淋巴腺破傷完全癒合了。

以後我自己也去要了十小包來，問那經理，也姓朱，說，嗐不值。我們西藏採藥去，帶回來點，當地有的是。這只是一味草藥。日本藥房蓋著圖章曰「文殊湯」，自然是命名。遺憾的是當時誰也缺乏遠見，沒有人問一句叫作什麼藥草。

待到我長大以後，再去尋求，天津日租界已改換了面貌，那個日本小藥店也早已不見了。

我一生未再重犯該病。

十五、病二

五十九歲、虛歲六十那年，我同兩位年逾七十的老人，一鼓作氣攀登鬼見愁，是一件值得我們自豪的事。

那一次有一位攀到一半，因為是小道，確很難爬，他半途而廢，沒有上去。過不幾時，從正道他也爬上去了。

我們一爬上峰頂，就受到年輕的人的讚美。其實鬼見愁徒有虛名，並無引人入勝之處。

第二年，我走路忽然發生問題了，一走動下肢就疼，走了不多遠就要停下來休息一會兒，才能再走。這一個對照令人奇怪，我深覺喪氣！我心中明白這一次我要被病打倒了！

行動艱辛中，我仍能堅持到新街口書店買書，《馬克思傳記》，就是從新街口買來的，時為癸丑冬日。還有一次，我居然乘七路車遠赴琉璃廠，買了一部六一居士集，時為壬子白露。

後來一位醫生疑似膽管炎，經外科會診，我就是。我的晚境出了大困苦！偶不慎，迎面骨碰破，十個月不癒合，終夜抱膝呻吟，痛不欲生！

幸好，青草的同學是北京著名的中醫外科的房少樵先生後人，兄弟二人，一專治乳腺炎，一專治脈管炎，弟為寬街中醫醫院外科主任，於是我得救了。

房芝萱大夫只用了點粉末，彈在瘡口上，說注意是先疼後疼，……第二天再看，瘡口已經癒合了。只朱純碰了一次，微有出血處，但第二天也就好了。俗云「神仙一把抓」，今果有此奇跡！

以後又連續服用二百來付湯藥，我的脈管炎沒有截肢，完全好了。只是右腿大筋萎縮，不能伸開了，故走路微跛，也仍不能走遠路。這是一九七五年的事。

那時緗尚在延慶務農，帶回極大的雞蛋數十枚，統統送給房芝萱大夫了。

房大夫救了好多像我這樣的苦人兒。

十六、病三

我大病是先天性膽道狹窄。

一九四八年我患急性肝炎是因為發脾氣惹起的。後來又鬧過兩次，曾住院治療，經鍾惠瀾斷為疑似傳染性肝炎。治療了一陣，就出院了，糊裏糊塗。以後我便長年累月大量的服用中草藥，我記得有過一年從年頭吃到年尾，一天也沒有中斷。

我不僅用茵陳湯，有一個大夫給我論兩的開意仁米，我感到有奇效，因為意仁米利水，我解小手感到是愉快的事。——不料當時「三年災害」，藥房中人提意見認為有以藥代糧的可能！這實在是可惡之極！然而實際竟沒有一個人敢於對此惡毒有所爭論！

一九六一年我又住院治療，這一次受的罪很大，諸如抽膽液各種化驗都作了，使大夫很奇怪，尿裏和血裏的情況不一致，他們外請北醫的一位大夫，開了三次全院大會，這位中年大夫號稱會六國語言文字，能給老大夫講課；據說在他掌握的我這類病例中，全國（還是全世界？）只有兩個，那一個與我還不盡相同。確實他一接近我，我就覺出他是可信賴的，他說當時只協和可以作一種快速肝穿，他說他親自給我作，我一口就答應了。果然一點都不疼。

但這一夜紋絲不動，一個沙袋在肝間，那種罪罰在我也是生平的大手術了。

然道，他的診斷，我是肝管阻塞。

從此我就沒有再向肝病觳觫了。

主治醫生勸我開刀，他當有兩個阻塞原因：一先天性膽道狹窄，一是淋巴結外轉壓迫膽道致使阻塞，先問他何以不先考慮先天性狹窄呢？何以要開刀現來尋找呢？

他一句話沒有答上來。

於是我出院，回家。從此仍改服中草藥了。

十七、病四

我的高血壓症和慢性支氣管症一直沒有引起我的注意，這實是大疏忽。

近兩年來，氣喘、尿頻，不能安眠。

去年冬天開始的，當時我態度消極，不欲苟全；今年夏就開始哮喘起來。這實在是太討厭了！延在十一月七日，即寒露前一日，住院治療。這一次還好，人們拿病當病，拿人也當人了，那就積極治療吧。

恰好人民醫院鬧了一場火災，否則也還許不易住院哩。住院後蒙大夫們竭盡全力研究治療，他們一直要我們私下配和找那一次「肝穿」的病理資料。二院現任院長是人民的，他的女兒和我的小女兒同學。費了很大的勁，結果無所獲得。毀於文化大革命罷了。

臨到末了，一位女大夫當機立斷，給我兩片安定吃，結果覺也睡了（七小時），起夜也只有一兩次了。可見是神經性的。

在病房裏住了整整五十天，當中山妻傳采拿給我有王森然先生所賜《雄鷹展翅圖》，歡甚！當夜深夜不寐，暗中摸索草一絕，出院後複草一絕，遂得題記，茲錄如下：

其一

杜鵑香囀越岩牆，風外雞啼海上桑；

曾撫澗松望山月，我知愧怍作鷹揚！

其二

此身是鷂醉呼鷹，塞北江南不自矜；

愈疾通神無傾側，奇毛在野褻能憎！

右森然先生所賜近作《雄鷹展翅圖》，讀之深有繪事後素之感！於北京留病山房北窗下朱青榆，時年七十。

因為有病，有意無意的常會呻吟，是謂有病呻吟；我也因為做詩，經常耽心有人斥曰「無病呻吟」！這樣，有一天竟聽到塔下的呻吟，深夜不寐，就寫起來。後來發展到加進現實材料，我的病房的呻吟居然成為故實。寫罷後，給曉芙看，她進為結穴處怕沒有懂，意就是說以不發表為相宜。

十八、三十年代（小引）

有一位和我同年生的青年希臘作家（D.Cahtanake）（1913—）論當代英國青年詩人時說過一句話：

「對真理的熱情是三十年代青年詩人與作家中最有才能的份子特徵。」我非常珍惜這句純潔的評論。

我生也晚，沒有趕上那火烈烈而風發發的局面的「五四」的歲月，但在我的想像裏，「五四」和三十年代一樣，它們精神是貫穿著的。我們不妨說魯迅把五四的光彩捧到了三十年代，北京上海同是中國的古戰場，借用鄭振鐸先生的話說，上海是「屈原世界」，北京也是「屈原世界」，一齊與「非屈原世界」鬥爭。

許多人都是從文學的愛好進入革命的。沈雁冰，鄭振鐸，瞿秋白，魯迅，郭沫若……都是我們的女媧捏成的。自然，有些是「緪」（泥繩子頭）。然而我大膽的說，所有致力於文學藝術的人幾無例外的是鑽入「非屈原世界」去的。

就是周令飛也非例外。目前他不過正在被人們玩弄罷了。

我嘗奇怪人們的悲觀主義之來有如感冒那麼便當！我問：人類此刻才發展到什麼地步，人類目前還非常非常野蠻而你就「悲觀」起來了！何以這樣大驚小怪？

魯迅先生逝世過於早了些！假如他像兩兄弟，無論如何他不會失望的。我嘗斗膽的認為「伯夷隘，柳下惠不恭！魯迅兩皆有之。」話寫在《熱風》上，被人看見，這大驚小怪起來，我答道，如果不是因為有「非屈原世界」的陷阱，魯迅先生將不會寫《傷逝》，而周豈明理解力殊不薄弱，故最後自然的得到了魯迅先生的深厚的寬恕。

一九四九年開國後，三十年來，在三十年代上海熱烈生活過來的人們大都在北京盡情的享有了天棚魚缸石榴樹——很好。

我們非常[8]石榴包括的它的謊花，給我一個偉大的象徵的熱鬧的端午節。

此後我們希望，像唐之「競技」那樣的龍舟競渡火火的熱鬧起來吧。

（十二月十六日寫至此止）

一九三六年，就從上海一本歷史家傳記的後記裏看到一句詩，譯者是當作警悟語提出的，這即是唐許渾著名的一聯，寫景詩的下聯：

溪雲初起日沉閣
山雨欲來風滿樓

它給我的印象很深，我以為這絕非僅僅是敏感的詩人的呼聲，而日有所見的。

最有意思的是，經過了四十年，七十年代裏，這句寫景詩依舊在北京吶喊起來，它幾乎成了一個整個大時代的影子了！

中國人都懂政治，而深懂政治的人是不問政治的隱士，他不

8 原稿如此。或有脫漏之字。

聞不問。他深知如果聞問，他就得不到自由了。……這樣胡鬧思考著，直至碰到了一個「山水聚處」，大家共同獲得了那所謂「第二次解放」的時候，於是心裏的話都不吐不快了。我說亂世最忌名韁利索，像我這樣畏名利如猛虎，我們行吧？你們受的了嗎？

我說我一生只採用了諸葛亮的半句「苟全性命於亂世」。

羅曼羅蘭和他的夫人不和，最後倆人離居了，這是一件苦惱的事。偉大的羅蘭說，不過像四月中亂了一次天氣一樣。我們說人生的藝術真的不是好玩的事！

正是這位羅曼大師在三十年代對我們說：

「我相信，近三十年來，政治和實力的問題，消磨了它最好的精力」（覆敬隱漁，一九二四年十月十七日）

毛時代的隱逸詩人——編後記

陳均

已丑暮春，我曾草一短詩，名曰〈毛時代的隱逸詩人〉，全篇以朱英誕詞寫朱英誕事蹟。此處暫不贅述。惟詩題尚可一提。此名出自詩人柏樺的自傳《左邊》的副題「毛澤東時代的抒情詩人」，只不過柏樺寫的是一代青年詩人的成長與激情，而我套用此名，則呈現的是另一個「毛時代」，亦即朱英誕先生晚年的生存處境，——我嘗想，或許類似於「遺民」，就如宋亡明亡後的那些悲哀故事。

但朱英誕先生又稍不類此，因他只是「大時代的小人物」（如他自稱並用以指稱長吉等先賢），並非如胡蘭成輩亡命天涯又揮斥方遒，亦不似朱光潛卞之琳輩隨時代而浮沉……他只是與時代保持距離（或者不如說被時代所拋遠），但並不拒絕給居委會大媽念時政報刊的邀請。正如他在自傳中屢屢提及的「苟全性命於亂世」。

在遺稿中，我亦見到他龐大的寫作和整理計畫。如今留下的也是一箱龐雜的草稿，包含幾千或許近萬首寫在各色紙張（從北平特別市政府信箋到馬糞紙到北京大學稿紙等）上的詩、雜文、序跋、戲曲電影評論……所以我想：要是整理起來，可真是一項頂艱難的任務呀！

朱先生寫作時間甚長，按如今新詩史的劃分來算，他自廢名林庚一派（「廢名circle」）的三十年代「北平現代主義」開始展露崢嶸，到四十年代淪陷區，與南星沈啟无等相往來，可說是其時之重要詩人，此後歷經共和國，直至大陸朦朧詩興起時，亦還在寫詩不倦，只不過是「藏諸箱籠」了。

近時，人民文學出版社出版了《中國新詩總系》，其中三十年代卷、四十年代卷和七十年代卷均選載朱先生的詩作，如此者，不多見矣。又，陸續見到好幾篇研究朱先生的論文，並有碩士博士論文專論或提及，但閱覽之下，卻不無失望，因多數均漫不經心之屬（或許只是為寫而寫或學位吧），並無真意去追尋研究對象，所以寫出的文章有很多難看，實實是配不上朱先生。

除致力於詩之外，朱先生的隨筆亦可觀。而且相較起來，或許隨筆更能體現朱先生的學養和才能——因隨意而談，更自由也。丁亥年我初識朱先生文，曾整理《梅花依舊》、《現代詩講稿》（由北京大學出版社出版時易名為《新詩講稿》）諸文，載於《新文學史料》、《新詩評論》等刊，並謔稱其為「現代文學的活化石」。見者以為朱先生之文清婉可愛，而且很多文章居然寫就於文革時期，但並無時代之沾染，尤為驚歎豔羨。

今歲承蔡登山先生慷允，朱先生晚年的三部較大部頭的隨筆作品（《長吉評傳》、《誠齋評傳》和《梅花依舊》）畢彙於此，或可一瞻其文筆風貌。朱先生將文言與時語巧妙地混合起來，既言簡意賅，又曲折意深，確實傳承了五四以來苦雨齋一脈（雖然朱先生自言與苦雨翁關係甚淺，但觀朱先生八十年代照片，則覺與苦雨翁相似矣）。

而評述長吉、誠齋時，又多持「詩」之觀念，如評長吉之「真詩」，評誠齋之「幽默」，讀時真如巧手縛虎，探驪得珠，頗得思致之美。

最後，要交代的是，朱先生筆名甚多，此稿中常自稱「朱櫟西」、「朱青榆」、「皂白老人」（因之，按語中亦見「榆按」二字），書中所引詩文與通行版本的詞語略有不同（當是異文），讀者不可不識。

又，朱紋女士為朱英誕先生長女（即《梅花依舊》中的「青草」），職業為工藝美術師，多年來孜孜以推廣朱先生的作品。此次整理舊稿，不僅獲得她的同意，而且她亦抱病整理了《長吉評傳》前五章，在給我的長信中提及父親去世前指稿為託之事。此情此憶，如歷歷在目，尤可感佩。特為之記。

庚寅年十一月廿九日　陳均於京東，時新曆元旦假日。

史地傳記類　PC0167

大時代的小人物
——朱英誕晚年隨筆三種

作　　者／朱英誕
編　　訂／陳　均、朱　紋
主　　編／蔡登山
責任編輯／孫偉迪
圖文排版／蔡瑋中
封面設計／王嵩賀

發 行 人／宋政坤
法律顧問／毛國樑　律師
印製出版／秀威資訊科技股份有限公司
114台北市內湖區瑞光路76巷65號1樓
電話：+886-2-2796-3638　傳真：+886-2-2796-1377
http://www.showwe.com.tw
劃撥帳號／19563868　戶名：秀威資訊科技股份有限公司
讀者服務信箱：service@showwe.com.tw
展售門市／國家書店（松江門市）
104台北市中山區松江路209號1樓
電話：+886-2-2518-0207　傳真：+886-2-2518-0778
網路訂購／秀威網路書店：http://www.bodbooks.com.tw
國家網路書店：http://www.govbooks.com.tw
圖書經銷／紅螞蟻圖書有限公司
114台北市內湖區舊宗路二段121巷28、32號4樓
電話：+886-2-2795-3656　傳真：+886-2-2795-4100

2011年9月BOD一版
定價：290元

國家圖書館出版品預行編目

大時代的小人物：朱英誕晚年隨筆三種 / 朱英誕著. -- 一版. -- 臺北市：秀威資訊科技, 2011. 09

面； 公分. --（史地傳記類；PC0167）

BOD版

ISBN 978-986-221-778-8（平裝）

855 100010563

讀者回函卡

感謝您購買本書，為提升服務品質，請填妥以下資料，將讀者回函卡直接寄回或傳真本公司，收到您的寶貴意見後，我們會收藏記錄及檢討，謝謝！
如您需要了解本公司最新出版書目、購書優惠或企劃活動，歡迎您上網查詢或下載相關資料：http:// www.showwe.com.tw

您購買的書名：______________________________

出生日期：________年________月________日

學歷：□高中（含）以下　□大專　□研究所（含）以上

職業：□製造業　□金融業　□資訊業　□軍警　□傳播業　□自由業
□服務業　□公務員　□教職　□學生　□家管　□其它_____

購書地點：□網路書店　□實體書店　□書展　□郵購　□贈閱　□其他

您從何得知本書的消息？
□網路書店　□實體書店　□網路搜尋　□電子報　□書訊　□雜誌
□傳播媒體　□親友推薦　□網站推薦　□部落格　□其他__________

您對本書的評價：（請填代號　1.非常滿意　2.滿意　3.尚可　4.再改進）
封面設計____　版面編排____　內容____　文／譯筆____　價格____

讀完書後您覺得：
□很有收穫　□有收穫　□收穫不多　□沒收穫

對我們的建議：______________________________

____

____

____

請貼
郵票

11466
台北市內湖區瑞光路 76 巷 65 號 1 樓

秀威資訊科技股份有限公司　收

BOD 數位出版事業部

....

（請沿線對折寄回，謝謝！）

姓　　名：＿＿＿＿＿＿＿＿　年齡：＿＿＿＿　性別：□女　□男

郵遞區號：□□□□□

地　　址：＿＿＿＿＿＿＿＿＿＿＿＿＿＿＿＿＿＿＿＿

聯絡電話：(日)＿＿＿＿＿＿＿＿＿＿(夜)＿＿＿＿＿＿＿＿＿＿

E-mail：＿＿＿＿＿＿＿＿＿＿＿＿＿＿＿＿＿＿＿＿